Les Disparus de Rochefort

Roman

Joël Hartmann

Avertissement

À l'exception de ce pauvre Jehan, tous les personnages historiques cités, depuis le Moyen Âge jusqu'au vingtième siècle, sont évidemment réels. En vrac : les Papes immoraux, Henri IV et ses multiples maîtresses, la famille d'Estrées au grand complet....

Les évènements tragiques du maquis Vauban sont également tout à fait exacts.

En revanche, les évènements relatés concernant le vingt et unième siècle sont purement fictifs. Toute ressemblance avec des faits et des personnages existants ou ayant existé serait purement fortuite et ne pourrait être que le fruit d'une pure coïncidence.

À l'exception tout de même de David, le regretté Président Fondateur de l'association *les Clefs de Rochefort*, qui a réellement œuvré activement pour la préservation de notre patrimoine.

Édition :   BoD – Books on Demand, info@bod.fr

Impression :   BoD – Books on Demand, In de Tarpen 42, Norderstedt (Allemagne)

Impression à la demande

ISBN :   978-2-3225-3807-2

Dépôt légal :   mai 2024

Photo couverture : association les *Clefs de Rochefort*

PREMIÈRE PARTIE

En cette fin de seizième siècle, deux ombres silencieuses traversaient le plateau dans la nuit, à peine éclairées par un dernier quartier de lune tentant de se faufiler entre des nuages galopants. Sans torche ni fanion, ces curieux voyageurs, progressant à dos d'âne, s'en remettaient à leur monture qui suivait le chemin d'un pas sûr. Le plus jeune ouvrait la marche. Il connaissait bien ces terres et les bois qui les cernaient. Emmitouflé dans son manteau de peau pour tenter de se protéger des morsures de la bise glacée de ce début d'hiver, il se contentait de tirer sur les rênes lorsque l'animal, au gré d'une bifurcation, hésitait entre deux chemins. Le deuxième homme, encapuchonné sous une cape de cuir grossier, semblait vouloir s'y dissimuler. Mais au-dessous de ces haillons, des habits de belle facture trahissaient un noble de haut rang.

La nuit n'était troublée que par les bourrasques sifflant sur les cimes. Pas un cri de bête, pas un hululement. Tous les animaux tentaient de se blottir sous la végétation basse pour se protéger du froid, à l'abri de quelque talus ou d'un trou boueux. Avançant d'un pas lent et silencieux, on eut pu croire que ces deux montures étaient les seuls êtres vivants, sur ce plateau désert.

À la sortie du château, ils avaient coupé en direction du Chasniot où, masqués par les épaisses haies vives, ils espéraient se soustraire à la vue des villageois. À cette époque, aucun remembrement n'avait anéanti ces espaces de vie qui abritaient les grives et protégeaient les cultures. En ce début de nuit, les paysans devaient se calfeutrer bien au chaud, proche de l'âtre, voire déjà sous d'épais édredons. Qu'importe ! Ce voyageur ne voulait pas courir le moindre risque d'être aperçu par le bon peuple.

À l'extrémité de la haie, le guide attendit qu'un rayon de lune perçât les nuages afin de s'orienter, puis il reprit sa progression vers la lisière du bois de la Combe Pinost. Il la suivit jusqu'au chemin de l'abbaye de la Grange. Après s'être soigneusement assurés que la voie était libre – il ne fallait surtout pas se faire repérer par ces moines revêches – nos noctambules bifurquèrent à gauche en direction du hameau de Retz. Puis, ils traversèrent le champ de la Bique, contournèrent la mare de Sou-dez-Liau et purent enfin se faufiler furtivement par la Combe de Rachest en toute quiétude.

En ce siècle, les villages étaient densément peuplés et les communautés que constituaient les corps de fermes éparpillés dans les campagnes, fort nombreux. Ce chemin allongeait le trajet de moitié. Un beau détour ! Mais il offrait la discrétion requise pour une telle escapade.

Bientôt, ils descendirent entre les bois sombres du fond de la combe où le vent semblait ne plus pouvoir les atteindre. Lorsqu'ils croisèrent enfin la voie de Verdonnest, ils empruntèrent le chemin qui grimpait à leur droite. Un sourire commençait à se dessiner sur le visage du noble voyageur. Son guide, lui, dissimulait en silence une moue ironique.

Encore quelques pas et ils rencontrèrent le haut mur de pierres plates qui délimitait les terres de l'abbaye. Ils le longèrent de près, essayant de se protéger du vent d'est jusqu'à un angle d'où ils aperçurent enfin le portail monumental du domaine. Le jeune homme, d'un pas sûr, tourna sur la gauche vers les écuries dans lesquelles plusieurs belles montures se serraient les unes contre les autres pour se tenir chaud.

— Nous y sommes !, déclara-t-il.

— Conduis-moi chez l'abbesse.

— Si vous voulez bien me suivre, sire...

— Chut ! Pas de ça ici ! Sous aucun prétexte.

— Pardon... euh, Monsieur.

— Voilà ! Monsieur, c'est parfait. Et toi c'est ?

— Jehan, Monsieur.

Le guide se dirigea sans hésiter vers le cloître dont il dépassa le porche pour aller jusqu'à l'extrémité de l'édifice où se dissimulait l'accès plus discret des appartements de l'abbesse.

— C'est ici... Monsieur.

Ce dernier frappa deux coups au heurtoir. La porte s'ouvrit presque aussitôt.

— La mère m'attend, dit-il simplement.

— Ne laissez pas pénétrer le froid, entrez !, ordonna la religieuse qui assurait l'accueil. Je vais la chercher.

Tandis qu'ils patientaient dans un vestibule, sœur Rose considéra le jeune homme qui se tenait en retrait, avant de conclure.

— Une novice va vous conduire vers une cellule où vous pourrez vous reposer au chaud, lui dit-elle.

Elle disparut aussitôt par une porte donnant sur un escalier. Quelques minutes plus tard, une femme portant un voile blanc entra et pria Jehan de la suivre.

Quand ils eurent quitté la pièce, la mère Angélique, abbesse des lieux, fit son apparition, seule, sur le seuil de ses appartements. Ses cheveux blonds dépassant négligemment de sa coiffe noire cascadaient sur sa robe, ce qui éveilla instantanément de coupables intentions chez le noble visiteur.

— Venez ! Il ne faut pas qu'on vous voie ici, dit la religieuse en s'engouffrant dans l'étroit escalier.

Il la suivit aussitôt en refermant la porte du vestibule. En montant les marches, il ne pouvait détacher son regard des hanches qui ondulaient devant lui dont, à la faveur de l'obscurité, il imaginait les douceurs.

— Vous êtes devenue une belle femme depuis notre dernière rencontre. Vous n'étiez alors qu'une enfant...

— Pas vraiment une enfant ; une damoiselle de plus de vingt printemps... à laquelle vous n'étiez pas insensible, si ma mémoire est bonne.

— Vous ressembliez tellement à votre regrettée sœur qui était l'amour de ma vie.

— Et déjà votre favorite, rectifia Angélique.

— Mais qui m'a convaincu d'intervenir auprès du pape lui-même pour vous obtenir la charge d'abbesse de Maubuisson[1]. Il serait ingrat de ne pas s'en souvenir.

— Point d'ingratitude, mon bon roi ; je vous en suis infiniment obligée. Reconnaissez néanmoins que c'était en outre une habile manœuvre : vous pouviez ainsi y rejoindre le lit de Gabrielle[2], en passant aux yeux du très dévot peuple de la capitale pour un fervent catholique. Votre abjuration à la Réforme en paraissait plus sincère.

Le roi ne releva pas. Il constatait que l'esprit aiguisé de son interlocutrice lui permettait de saisir toutes les finesses de ses intrigues. Au fond, il en était plutôt satisfait : comprenant les enjeux, il la convaincrait aisément de défendre des intérêts communs. Il n'aimait pas les arrangements conclus avec des sots. Ils étaient faciles à retourner. C'était trop risqué.

------

[1] L'abbaye de Maubuisson, située à une demi-journée de cheval du Louvre et à seulement deux heures du château de Saint-Germain, permettait au roi d'y rejoindre discrètement sa maîtresse Gabrielle qui y était hébergée.

[2] Gabrielle d'Estrées, sœur d'Angélique et maîtresse d'Henri IV de 1591 à sa mort en 1599.

Il préféra réorienter la conversation.

— Cinq années ont passé. Le temps de mûrir les sentiments.

— Cinq années pendant lesquelles vous avez connu d'autres courtisanes ! La Boinville, la Quelin et jusqu'à la duchesse de Montmorency, dit-on !

— J'en conviens... Mais je lui ai donné trois enfants — quatre, si Dieu l'avait voulu[3] — et je lui ai publiquement offert la couronne, devant le peuple, en dépit du courroux des Médicis et du pape lui-même ! Ça ne compte pas pour vous ?

— Si, bien sûr, mon bon roi. Le bruit court pourtant que vous vous êtes déjà laissé aller aux charmes de la marquise de Verneuil...

— En seriez-vous fâchée ?

— Si je ne portais pas cet habit, j'aurais pu en prendre ombrage. Mais vous savez que le titre d'abbesse que vous m'avez obtenu m'interdit de m'unir devant Dieu.

— S'il ne s'agit que de cette robe, je peux vous l'ôter ! Et puis il n'est pas question de nous "unir devant Dieu". Je suis convaincu que dans son infinie bonté, il détournera le regard, conclut-il en joignant le geste à la parole.

---

[3] Gabrielle d'Estrées est morte probablement d'une éclampsie, lors de sa quatrième grossesse.

— Vous avez les arguments pour convertir les femmes...
en pécheresses !, dit-elle en se laissant dévêtir.

— Le culte catholique nous autorise à recourir aux
indulgences. C'est en ces circonstances que je me félicite de
mon abjuration.

— Ensuite, je crains que nous devions nous rendre à con-
fesse.

En introduisant cette coupable césure, mais pas
uniquement, il s'y livra aussitôt de bonne grâce.

Le lecteur non-amateur d'Histoire, pourrait être surpris, voire choqué, des scènes quelque peu licencieuses évoquées dans le chapitre précédent. Il serait en droit de se demander s'il ne s'agit pas d'une volonté perverse de l'auteur de pousser le romanesque vers les confins libidineux de son imagination et s'en offusquer.

Car ces mœurs légères et ces libertinages, en particulier au sein des institutions religieuses, ne sont évidemment pas rapportés par les manuels scolaires et très rarement dans les livres d'Histoire.

Il ne s'agit pourtant ni de simples rumeurs, ni d'hypothèses gratuites. De nombreux chroniqueurs, contemporains des faits, nous ont laissé une multitude de récits de ces péripéties peu conformes aux préceptes de morale en vigueur à cette époque, en tout cas tels qu'ils nous sont communément présentés.

On comprendra mieux l'écart entre les témoignages des historiens et l'image édulcorée qu'on trouve dans les manuels scolaires en se rappelant la façon dont ces récits nous ont été rapportés : d'une part, les *mémorialistes* chargés de rédiger la chronique des monarques étaient commandités et financés par eux. Il était donc tout à fait improbable que ces derniers laissent circuler des documents de nature à écorner leur image. À cela, s'ajoutait la censure d'un clergé omniprésent, qui usait d'arguments extrêmement convaincants pour persuader ces témoins de relater une vérité conforme aux principes enseignés par la Bible. Un récit trop cru se traduisait par son auteur trop cuit ! Ainsi, Pierre de Bourteilles[4], eut la prudence de ne révéler *La Vie des Dames galantes* que dans son testament et en exigeant qu'il soit publié cinquante ans après sa mort. Bien lui en a pris, si l'on se réfère aux vicissitudes subies par Bussy-Rabutin, dont *l'Histoire amoureuse des Gaules*, quoique circulant sous le manteau, valut à cet académicien d'être embastillé quelques mois, puis prié de regagner ses terres bourguignonnes, non loin d'ailleurs du château de Rochefort.

Une autre cause de l'épuration de l'histoire telle qu'elle est présentée à l'école tient à un élément contextuel plus récent : jusqu'au XIXe siècle, l'enseignement était l'affaire quasi exclusive du clergé. Prérogative farouchement défendue par les ecclésiastiques pour deux raisons principales. D'une part, un solide endoctrinement de la population au catholicisme était indispensable à la stabilité de la société dont le pouvoir était détenu par un monarque supposé de droit divin. On devait donc inculquer cette religion aux enfants dès leur plus jeune âge, afin d'ancrer profondément la conviction que la légitimité du roi relevait de la volonté de Dieu. Dans ce schéma propre à l'ancien régime, si la noblesse protégeait l'église par les armes, elle subissait en contrepartie son

---

[4] Pierre de Bourteilles, dit Brantôme (1537-1614), auteur du sulfureux témoignage des mœurs de son époque.

énorme influence exercée sur l'opinion par le biais du prêche dominical. D'autre part, par la pratique de la confession, la hiérarchie ecclésiastique disposait d'un redoutable service de renseignements lui permettant d'anticiper les intrigues du pouvoir. Ainsi, clergé et noblesse étaient interdépendants dans un subtil jeu d'équilibre nécessaire à la stabilité de l'ancien régime.

En d'autres termes, la croyance indéfectible du peuple était l'outil indispensable de son asservissement.

Du reste, ce n'est pas un hasard si, lors de la nuit du 4 août 1789, l'abolition des privilèges concerna autant la noblesse que le clergé. Il s'agissait du début d'un mouvement de déchristianisation de l'État qui prit toute sa dimension dans la *Constitution civile du clergé* adoptée en juillet 1790. Cette démarche s'est poursuivie durant tout le siècle suivant à travers les lois sur l'école obligatoire et laïque de 1882, puis son aboutissement par celle de 1905 sur la séparation de l'Église et de l'État.

Depuis la Révolution, l'Église a lutté farouchement pour tenter de conserver ses privilèges qui lui permettaient de jouir de sa considérable influence sur la société. Accessoirement, elle se battait contre la suppression de sa dispense fiscale, arguant qu'elle versait un *impôt invisible,* en contribuant au fonctionnement de la nation par le biais de ses prestations pour l'enseignement, l'état civil et les hôpitaux.

Grâce à leurs prérogatives, magistrats, notaires, historiens et pédagogues étaient formés et sélectionnés par les ecclésiastiques. Il était dès lors naturel que l'histoire de la chrétienté et de la monarchie soit soigneusement épurée de ses aspects les plus embarrassants.

On pourrait croire que l'enseignement scolaire se serait débarrassé des filtres apportés par le clergé par la suite. Mais ce n'était pas aussi simple. Leur influence a laissé des traces profondes par le biais du corpus documentaire essentiellement écrit par des pédagogues religieux, transmis aux générations suivantes à travers les livres d'école et les programmes officiels, et qu'on continue à enseigner aujourd'hui.

Il n'est donc pas surprenant que la volonté de préserver les bonnes mœurs et l'image idéalisée d'un régime monarchique qui a régné pendant plus de treize siècles, ait conduit à traiter certains sujets sous un angle qui frôle le révisionnisme : ainsi, le récit chevaleresque des croisades reste muet sur les massacres des communautés juives qui émaillèrent ces expéditions sanglantes ; ces raids destructeurs sont encore présentés comme des guerres saintes, leurs initiateurs comme des saints hommes et les bandits qui en formaient les rangs comme des héros ; on passe sous silence la longue période d'obscurantisme pendant laquelle on inculquait au peuple que la terre était au centre de l'univers, alors qu'Aristote avait prouvé le contraire mille ans plus tôt ; on ne s'étend pas sur l'Inquisition qui persécutait les scientifiques ; on encense les navigateurs qui débarquèrent en Amérique, présentés comme des bienfaiteurs de l'humanité qui apportèrent LA civilisation à des êtres sauvages peinant à survivre dans ce nouveau Monde, en oubliant de mentionner qu'ils ont envahi, massacré et asservi les peuples autochtones, qu'ils ont ouvert la voie aux missionnaires et aux conquistadors qui les ont exterminés massivement ; l'histoire plus récente du colonialisme est encore vue sous l'angle d'une cause nationale indispensable de la grande époque, voire une démarche charitable consistant à apporter le progrès à des populations dont, en réalité, on pillait ressources, main-d'œuvre et chair à canon.

Pour en revenir à notre propos, on continue de présenter aux jeunes élèves l'image d'Épinal d'une noblesse pieuse et chaste, constituée de preux chevaliers attendant vertueusement leur promise pendant des années d'abstinence, en servant des monarques respectueux des préceptes d'un clergé aux hautes valeurs morales.

Ainsi glisse-t-on toujours sous le tapis des salles de classe l'histoire des papes ayant eu des enfants illégitimes[5], ceux aux mœurs dissolues [6] s'étant adonnés aux relations adultérines, aux orgies, aux viols, à l'inceste, à la bestialité et

---

[5] Pie II (1458-1464), Innocent VIII (1484-1492), Clément VII (1523-1534) avaient des enfants (illégitimes) avant leur ordination. Jules II (1503-1513), Paul III (1534-1549), Grégoire XIII (1572-1585) eurent des enfants pendant leur pontificat et firent preuve d'un népotisme éhonté.

[6] Serge III (904-911, probable père du pape Jean XI), Jean X (914-928), Jean XII (955-963, accusé de luxure et d'inceste), Alexandre VI (1492-1503), Sixte IV (1471-1484), Léon X (1513-1521), Jules III (1550-1555) se livrèrent à différentes déviances et à des crimes à caractère sexuel.

même à la pédophilie. Tous ces faits sont attestés par des témoignages de leurs contemporains — y compris des ecclésiastiques — et des historiens.

La noblesse n'était pas en reste. On élude pudiquement les frasques débridées de la plupart des monarques et des courtisans. Ainsi, les maîtresses les plus assumées des grands rois ne sont évoquées que sous le terme très convenable de *favorite*. Certaines d'entre elles jouèrent pourtant des rôles prépondérants pour la destinée du pays. Corisande de Gramont, maîtresse d'Henri IV, alors roi de Navarre, réunit une armée afin de se porter en renfort des troupes de son amant. Après sa victoire, elle serait encore intervenue auprès de Catherine de Médicis en vue d'arranger sa réconciliation avec Henri III, qui le désigna alors comme son successeur. Gabrielle d'Estrées, sœur d'Angélique citée au chapitre précédent, réussit, du haut de ses vingt-deux ans, à convaincre le Vert Galant[7] à se convertir au catholicisme en 1593. Cinq ans plus tard, c'est encore elle, selon Agrippa d'Aubigné, qui intervint pour mettre un terme aux combats avec la Ligue en incitant Henri IV à signer l'Édit de Nantes. On peut également citer la duchesse d'Orléans, maîtresse de Louis XIV qui contribua à la signature du traité de Douvres, Madame de Maintenon qui, elle, le poussa à révoquer l'Édit de Nantes ou Madame de Pompadour qui persuada

---

[7] Surnom donné à Henri IV qui qualifiait à cette époque un homme redoutable pour la vertu des femmes.

Louis XV de s'allier avec l'Autriche, précipitant ainsi le déclenchement de la guerre de Sept ans.

S'il était indispensable, sous l'ancien régime, que le peuple croie son roi très catholique et très pieux, il est temps de démentir ce que certains dirigeants appelleraient aujourd'hui des vérités alternatives.

La distance est encore grande entre les historiens et les livres d'écoliers.

Ainsi, ce bon roi Henri IV, surnommé à juste titre le *Vert Galant*, aurait eu soixante-treize maîtresses attestées parmi la noblesse, auxquelles il faudrait ajouter les roturières rencontrées au hasard de ses expéditions pour lesquelles on n'a, évidemment, aucun décompte. Il s'afficha ouvertement avec une trentaine d'entre elles. Douze furent désignées favorites officielles, qui par leur conduite indigne obtinrent la dignité de duchesse. Il eut ainsi seize enfants viables, dont dix de ses maîtresses, qu'il assuma en les amenant à la cour. Il alla jusqu'à en légitimer huit, qui reçurent titres et domaines.

Le tableau de ce vigoureux monarque étant globalement dressé, nous ne pouvons pas continuer sans nous pencher sur la glorieuse famille de Mère Angélique, abbesse de Maubuisson et de Notre Dame du Puy d'Orbe.

Il s'agit d'Angélique d'Estrées, sœur aînée de Gabrielle, la plus influente des maîtresses d'Henri IV, dont ce grand séducteur était tellement amoureux qu'il déclara publiquement, contre l'avis du pape, qu'il allait l'épouser.

Elle lui donna trois enfants et mourut enceinte du quatrième, avant le mariage annoncé. Henri IV, ayant un sens des responsabilités et une conception très particulière de la famille, légitima l'ensemble de la fratrie. Du reste, il accueillait volontiers à la cour toute sa progéniture, légitime ou non, avec les mères et, le cas échéant, leurs proches portant jupons.

Angélique avait été la maîtresse d'Henri III, dès l'âge de quinze ans. Celui-ci demanda au pape de la nommer abbesse de Maubuisson, mais, la jugeant trop jeune, le souverain pontife ne lui confia que Berteaucourt. Neuf ans plus tard, sa sœur Gabrielle devenue la favorite d'Henri IV, ce dernier lui obtint l'abbaye de Maubuisson ainsi que celle du Puy d'Orbe, non sans avoir eu une *aventure ponctuelle* avec elle (à cette époque, on ne disait pas coup d'un soir !).

Pour compléter le tableau de famille, le vaillant Henri IV connut encore, au cours des années suivantes, Françoise et Julienne-Hyppolyte d'Estrées, auxquelles il faut ajouter deux de leurs cousines. Il n'est pas surprenant que Madame de Sévigné, au fil de ses correspondances, désignât les sœurs d'Estrées par le sobriquet de *Sept péchés capitaux*.

Sous la direction d'Angélique, la vie mondaine de l'abbaye de Maubuisson dériva vers un libertinage débridé. Dans celle du Puy d'Orbe, dont elle était également abbesse, elle profita de la configuration des lieux, éloignés de la cour et dissimulés au cœur de la forêt d'Asnières-en-Montagne, en organisant la débauche des sœurs Bénédictines. Affranchies de la discipline monastique — cloître, prières, habit religieux — elles laissaient entrer toutes sortes de personnes pour festoyer lors de folles nuits de dévergondage.

La vie particulièrement dissolue qu'on menait à Maubuisson fit un tel scandale, qu'à la mort d'Henri IV, saint François de Sales fut missionné par le pape Paul V, pour destituer Angélique. Après plusieurs tentatives et une évasion rocambolesque des Filles Pénitentes de Paris[8], il dut requérir l'appui de Louis XIII qui envoya une compagnie d'archers pour la déloger et l'enfermer au Châtelet.

Au Puy d'Orbe, Rose Bourgeois de Crespy, formée par Angélique selon les mêmes principes licencieux, reprit la fonction d'abbesse et fit perdurer ces dérives pendant vingt-deux ans, résistant à l'autorité cléricale avant d'être sanctionnée par la force et transférée au couvent de Châtillon-sur-Seine.

Maintenant que nous connaissons un peu mieux ces protagonistes, nous ne serons pas étonnés qu'avec un tempérament si fougueux, le Vert Galant ne s'astreignit pas à une abstinence, en dépit du deuil de Gabrielle qui fut pourtant son plus grand amour. Il était incapable de supporter une telle privation. Déjà, lorsque cette dernière était enceinte et alors qu'il avait publiquement annoncé qu'il allait l'épouser, il n'eut pas moins de trois maîtresses avérées. Aussi, en décembre 1599, malgré sa liaison naissante avec

---

[8] Couvent faisant office de prison pour femmes au Moyen Âge.

Henriette d'Entragues qui deviendra sa favorite, le souvenir de la ressemblance troublante de la belle Angélique à sa défunte sœur, l'avait conduit à lui rendre visite.

Sous couvert d'escorter l'arrière-garde du duc de Savoie venu contester un article du traité de paix de Vervins le 20 décembre à Fontainebleau, le roi avait pris la route de Dijon et avait opportunément fait escale au château de Rochefort.

Le monarque aurait pu se faire héberger par le comte de Tonnerre, dans son magnifique domaine d'Ancy-le-Franc. Il avait eu l'occasion de goûter, quelques années auparavant, au confort de cette construction récente. Mais le besoin de discrétion et sa proximité avec l'abbaye du Puy d'Orbe, lui firent préférer Rochefort, au prétexte de se rendre compte de visu de la position stratégique du lieu aux confins de la Bourgogne, du Comté de Nevers et de celui de Champagne. Servi par une petite vingtaine d'hommes davantage occupés à sécuriser la voie d'Arlot et à percevoir les droits de passage du pont de Cry qu'à s'intéresser aux intrigues de cour, cette escale lui assurait une parfaite discrétion. Les soldats n'avaient qu'une très vague idée de ce à quoi pouvait ressembler le Roi de France. Quant au comte Antoine de Rochefort, seigneur du lieu, il ne se serait pas risqué à froisser son souverain par une indiscrétion.

La raison pour laquelle l'aventure d'une nuit chez la belle Angélique ne fut pas mentionnée par les historiens, est sans doute liée à son statut d'abbesse de Notre-Dame du Puy d'Orbe dont la sulfureuse réputation était remontée jusqu'aux oreilles du Pape. Henri IV, qui s'était déjà mis en délicatesse vis-à-vis du Vatican au sujet de son projet d'union avec Gabrielle d'Estrées, avait désormais à cœur de ne pas froisser le souverain pontife. Il l'avait en effet sollicité en vue d'annuler son mariage avec la reine Marguerite qui ne lui avait pas donné de descendance, afin de préparer une alliance plus féconde[9].

Sans doute réussit-il à maintenir secrète cette galante expédition nocturne. Cependant, même si l'on n'en trouve aucune trace écrite, on peut nourrir de sérieuses interrogations au regard des prénoms attribués, quatre ans plus tard, à la première fille qu'il eut de Catherine Henriette de Balzac d'Entragues, sa nouvelle favorite. L'enfant, légitimée et titrée Mademoiselle de Verneuil, fut baptisée Gabrielle-Angélique. Gabrielle, qui fut l'amour de sa vie, était un choix logique, mais pourquoi a-t-il adjoint Angélique, si ce n'est en hommage à celle qu'il avait connue, y compris au sens biblique.

Le doute subsistera. À cette époque, il n'y avait aucune vidéo inopportune pour fixer l'image compromettante d'un amant sur son scooter.

---

[9] Henri IV épousa Marie de Médicis en 1600 qui donna naissance à six enfants dont, en 1601, le futur Louis XIII.

3

Après des ébats pour le moins déplacés en ces lieux normalement consacrés à la prière, vint le moment des confidences sur l'oreiller.

Angélique accepta de se livrer aux révélations sulfureuses concernant la noblesse locale et quelques bourgeois influents. Joignant l'utile à l'agréable, le monarque était particulièrement friand de ces indiscrétions. Elles pouvaient se révéler extrêmement précieuses vis-à-vis des enjeux politiques de cette époque. Savoir qui couche avec qui et qui se compromet en ces soirées de débauche lui permettait de prévoir qui est susceptible de conspirer ou de désamorcer des complots, huguenots comme catholiques.

Angélique, friponne, s'amusait de la curiosité de son prestigieux amant et lui proposa d'observer à la dérobée la conduite délurée de ses visiteurs. Si elle en tirait une coupable satisfaction, elle y trouvait également un moyen privilégié de consolider sa position dans la région. C'était important pour elle. Il ne fallait surtout pas laisser les langues se délier trop librement. Les femmes n'aimaient pas beaucoup que leur homme tourne autour de l'abbaye. Si besoin, seigneurs et chevaliers locaux sauraient les convaincre de se taire.

Elle invita son hôte à la suivre en silence. À la surprise de ce dernier, elle ouvrit la porte en bois sculpté d'une immense armoire et s'y engouffra en tirant le roi par le bras. Au fond de ce qui se révéla un réduit, une ouverture donnait sur une grande salle visible en contrebas et permettait d'observer les scènes incroyables qui s'y déroulaient.

— Ils ne peuvent pas nous voir, précisa Angélique. Ce regard débouche sur une aération en partie haute du salon. Depuis le bas, il paraît complètement obscur.

La religieuse prenait plaisir à épier cet étonnant spectacle : toute la noblesse locale se livrait à une nuit de débauche. Elle chuchotait ses commentaires, dévoilant noms et titres de ses invités, mentionnant les habitudes et les petites manies de chacun. Se délectant de ce divertissement voyeuriste, elle offrait au roi l'opportunité d'en recueillir de précieuses informations : des seigneurs de la région, ducs ou comtes dont certains fréquentaient assidûment la cour ; des membres de la Ligue catholique, partisans de feu l'intraitable duc de Guise, qui voulaient venger sa mort et considéraient l'Édit de Nantes comme une trahison ; des nobles huguenots déçus de l'abjuration du roi ; des riches calvinistes négociants, magistrats ou banquiers dont la puissance financière constituait un groupe redoutablement influent sur la gouvernance du royaume. Tout ce petit monde se compromettait sous ses yeux, en ces lieux normalement dévolus au recueillement, s'adonnant à des coupables célébrations qu'on ne trouve pas dans les saintes écritures ! Certains d'entre eux, fervents catholiques admirés par les paroissiens pour leur exemplaire vertu ou luthériens au moralisme intransigeant au sein des temples, perdaient à ses yeux toute légitimité. Le souverain saurait exploiter ces petits secrets.

Il tenait là un moyen de pression sur ses farouches détracteurs des deux partis qui contestaient sa légitimité ou briguaient secrètement d'autres desseins politiques. Car si l'Édit de Nantes avait mis un terme aux conflits armés, un an après sa promulgation, les tensions entre catholiques et protestants restaient encore vives. Ce roi se savait entouré d'ennemis et, même s'il était apprécié du peuple, il était conscient que le danger venait d'une noblesse prête à toutes bassesses pour assumer sa vengeance et servir ses ambitions.

Ce soir-là, il joignit l'agréable à l'utile en se faisant livrer les noms de tous ces seigneurs qui vinrent profiter des faveurs faciles de cette abbaye pas comme les autres. Il les tenait.

De son côté, Angélique trouvait dans ces charmantes délations le moyen de s'assurer, si ce n'est de la protection du roi, du moins de la tolérance des autorités vis-à-vis d'un lieu de culte qui avait perdu sa dernière syllabe. Les deux complices d'un soir en riaient ensemble. Ils comprenaient parfaitement les enjeux de ce partenariat implicite.

Quand tous les participants furent identifiés, le spectacle de débauche les ayant aguichés, le roi honora à nouveau la délicieuse Angélique dont l'appétit n'avait rien à envier à celui de son prestigieux amant. Et ce n'est pas peu dire, car le Vert Galant, à quarante-six printemps jouissait encore d'une belle santé.

Lorsqu'il quitta la fougueuse abbesse au désir enfin apaisé, il retrouva son jeune guide dans la cellule de la religieuse qui, de son côté, lui avait ouvert son *hospitalité* la plus intime. Bien que novice, les charmes qu'elle lui offrit attestaient qu'elle avait déjà sérieusement entamé sa singulière initiation. Henri en sourit de bonne grâce, et s'il n'avait pas récemment donné de sa personne, il aurait volontiers présenté ses fervents hommages à la demoiselle.

Il fallait désormais affronter la nuit glaciale afin de retourner au château de Rochefort avant le matin. Le cortège royal officiel devait repartir dès le lendemain vers Fontainebleau et la route était encore longue. Le peuple y attendait son roi en prévision des réjouissances de Noël et du Nouvel An, avec une impatience singulière en cette fin de siècle.

Emmitouflé sous son épais manteau, encapuchonné jusqu'aux yeux pour éviter d'être reconnu, juché sur son âne, il reprit le chemin aux côtés de son jeune guide. Tout monarque qu'il était, il ne disposait à l'époque ni de casque intégral, ni de GPS, ni de scooter. Il devait donc s'en remettre à une personne dont il fallait s'assurer de la discrétion.

Sur le trajet du retour, en dépit de la différence de rang, une complicité très masculine se traduisit par l'échange de propos peu protocolaires. On discutait simplement entre deux hommes coupables, mais fiers de leurs frasques. Le guide, un peu sur la réserve, répondait timidement au monarque qui se montrait plus paternaliste que condescendant. Il devait gagner la confiance de ce jeune. Une confiance suffisamment solide qui lui assure que la nature de cette excursion nocturne commune ne soit jamais révélée. Il insista sur le mot « commune », sous-entendant ce que la divulgation de ce secret pourrait entraîner comme conséquences néfastes. Mais Jehan était très docile et trop respectueux du roi pour ne serait-ce qu'envisager une telle trahison. Et puis, malgré son modeste rang, sa réputation ternie au village l'aurait empêché d'épouser une payse convenable.

Le roi avait repéré ce jeune homme dans les communs du château. Dès leur arrivée, ce garçon d'écurie avait montré beaucoup de respect et de déférence envers lui et, toujours souriant, s'occupait des chevaux avec une douceur qui trahissait sa bienveillance. Convaincu de sa sincérité, il lui avait offert une bourse bien ronde pour le guider cette nuit-là jusqu'à l'abbaye du Puy d'Orbe, en lui promettant le double au retour, à condition toutefois de savoir tenir sa langue. Mais il avait aussi promis un châtiment capital si leur escapade nocturne venait à être dévoilée.

Cependant, en regagnant Rochefort, le roi se montra d'une humeur joviale, plaisantant volontiers sur les rondeurs de la belle Angélique ou sa ressemblance troublante avec sa défunte et infiniment regrettée sœur Gabrielle. Puis il dénigra copieusement le très pieux ramassis d'hypocrites qui exhibaient leur dévotion de bon chrétien le dimanche et s'avéraient pêcheurs tout le reste de la sainte semaine !

Avant de regagner le logis seigneurial du château, le roi offrit à son guide une bourse bien plus ronde que la première et proposa de réitérer cette escapade, si d'aventure sa route repassait par le domaine de Rochefort.

— Je serai toujours à votre disposition et prendrai plaisir à vous servir, sire.

— Ça, je n'en doute pas ! Moi aussi, je prendrai du plaisir, plaisanta le roi.

De retour dans les écuries, Jehan, n'eut pas le courage d'affronter le froid pour repartir vers sa ferme familiale, à une demi-lieue de là, de l'autre côté du village. Il dispersa grossièrement une motte de paille et se façonna un couchage, quoique sommaire, plutôt confortable, bénéficiant de la chaleur animale apportée par la proximité des chevaux.

Pourtant, il ne parvint pas à trouver le sommeil. Une question ne cessait de le tourmenter. Qu'allait-il faire de son magot ? La bourse offerte par le roi, simple aumône en échange de son silence, représentait une somme considérable pour un humble garçon d'écurie. Il y avait dans ces pièces d'or l'équivalent de plusieurs années de son labeur. Sa soudaine richesse éveillerait immanquablement l'attention et susciterait des soupçons qui risqueraient de le perdre. Une telle fortune entre ses mains, si elle était révélée, ne passerait pas inaperçue et soulèverait interrogations et convoitises. On aurait jasé, cherché à comprendre, surveillé ses allées et venues. Tout ça représentait le risque de se faire déposséder et, pire encore, la crainte que son secret soit un jour découvert. Il en conclut qu'il devait cacher cette bourse d'or. Mais où ? Après une nuit d'insomnie, il pensa à un endroit où personne n'aurait l'idée de fouiller : au sein même des écuries, du côté de la fumière. Lui, qui avait la fastidieuse et pénible tâche de nettoyer régulièrement les litières, connaissait dans les moindres détails la configuration des lieux répugnants qu'il était chargé de curer. C'est là, entre déjections équines et paillis souillé qu'il trouva la cachette parfaite. Il savait que les pierres affaiblies par des années au contact acide du purin s'étaient creusées par endroits, formant des cavités sombres, idéales pour dissimuler ses écus.

Près d'un angle, au niveau du sol suintant d'urine et de fumier, il introduisit les bourses de cuir enveloppées dans la toile d'un vieux sac d'avoine, au fond d'une enfonçure étroite mais assez profonde, entre deux moellons mal jointoyés. Personne n'aurait l'idée de chercher de l'or parmi ces déjections.

Si l'argent n'a pas d'odeur, l'or de Jehan ne sentirait ni la rose, ni le lys royal.

4

Quelques dizaines de maîtresses et une douzaine d'enfants plus tard, Henri IV se fit assassiner, comme chacun sait, par le très catholique — voire, un peu trop — sieur Ravaillac qui expliqua, lors de son procès, avoir accompli la mission sacrée de libérer le pays de l'antéchrist. Rien de moins !

Outre l'abject recours au meurtre, la simple volonté d'exercer la justice divine, quelle que soit la religion, est le pire sacrilège qu'un croyant puisse commettre. En effet, l'auteur d'un tel acte, en se substituant à Dieu se place au même niveau que lui, voire, laisse entendre que le créateur de l'univers aurait besoin de son aide pour juger les hommes. Blasphème ! Et appliquer une sentence par d'effroyables tueries revient à croire que le Seigneur, éternel et omnipotent, serait incapable de punir de simples mortels qui le méritent sans recourir aux services d'assassins. Blasphème ! C'est indéniablement le pire des outrages qu'on puisse commettre envers Lui.

À l'époque qui nous intéresse, le fanatisme religieux était majoritairement le fait des chrétiens : orthodoxes et latins s'étripant joyeusement autour de Constantinople à l'occasion des croisades du XIIe siècle, jusqu'à ce que cette cité soit finalement prise par les Turcs. Ces chevaliers très catholiques, s'échauffaient en chemin par quelques pogroms à travers l'Europe centrale. Plus tard, lorsque le pape eut étendu son influence sur l'ensemble des monarchies occidentales, le clergé de la sainte Inquisition brûla sorcières et autres scientifiques séditieux qui prétendaient que la Terre était ronde et n'était pas le centre de l'univers. Puis arriva la belle époque des guerres de religions pendant lesquelles, durant près de quatre décennies, fervents chrétiens de tous poils s'écharpèrent sans retenue jusqu'au massacre des Huguenots lors de la Saint-Barthélémy par des pieux catholiques. Beau ramassis de saintes inepties.

Ainsi, Ravaillac, en conformité avec les usages d'une église très croyante et très meurtrière, assassina Henri IV, comme son sinistre coreligionnaire Jacques Clément avait étripé[10] Henri III vingt ans plus tôt. Pour des disciples d'une religion qui prônait la tolérance, le pardon et la paix, ils ne faisaient pas dans la demi-mesure ! Il faut croire que, parmi ses adeptes, on trouvait davantage de croyants que de pratiquants.

Après cette légère digression qui, je l'espère, aidera le lecteur à mieux appréhender le contexte, revenons-en à ce début de XVIIe siècle.

À la mort de son père en 1610, Louis XIII n'avait que neuf ans, ce qui conduisit la reine à assurer la régence du royaume. C'est par un coup de force que le jeune monarque mit un terme à ce régime qu'il estimait médiocre. Du haut de ses

---

[10] Au sens propre ! Jacques Clément assena un coup de couteau dans le bas de l'abdomen du roi, occasionnant une éviscération fatale.

seize ans, il commandita l'assassinat des proches de sa mère et ordonna son exil loin de la cour. Ça donne le ton ! Mais les chiennes ne faisant pas des chats, cette ex-régente n'hésita pas à lever une armée contre son cher enfant. Et dire que j'ai des amis qui se plaignent de leurs conflits familiaux... Petits joueurs !

Malheureusement, Louis XIII ne limita pas ses envies de guerroyer à sa crise d'adolescence et à la rupture de son complexe d'Œdipe. Avec l'aide, et sans doute sous l'influence de Richelieu, il réactiva les tensions entre catholiques et protestants. Ainsi, de 1620 à 1629, en dépit de l'Édit de Nantes, il parcourut toute la France lors de multiples campagnes militaires contre les places fortes tenues par les Huguenots.

Au cours de ces troubles, le château de Rochefort fut une nouvelle fois le théâtre d'une tentative d'intrusion. Pendant l'assaut, une partie des remparts nord fut endommagée. Les assaillants purent s'y engouffrer, mais, ne parvenant pas à gagner la seconde enceinte, ils saccagèrent les communs, massacrèrent le personnel et volèrent les chevaux.

Notre jeune Jehan, présent lors de cet évènement, fut l'une des victimes d'un conflit interreligieux auquel il ne s'intéressait pas. Il disparut dans l'indifférence générale qu'inspirait le décès d'un garçon d'écurie à cette époque.

Il mourut à proximité des bourses d'or et d'argent offertes par Henri IV, sans avoir eu le loisir d'en profiter et ni le temps de trahir sa promesse.

Les nouveaux communs furent reconstruits à la fin du siècle, à l'est du logis seigneurial, orientés vers le village et le plateau agricole.

La politique du jeune Louis XIII eut une autre conséquence sur la vie d'Asnières-en-Montagne. En grand défenseur de l'Église, le roi donna toute liberté et délégua même quelques hommes de troupe à saint François de Sale pour faciliter la mission confiée par le pape de remettre un peu d'ordre et de moralité dans le fonctionnement des congrégations déviantes. Après celles de Maubuisson, les religieuses du Puits d'Orbe furent transférées à Châtillon-sur-Seine et leur abbaye, définitivement abandonnée, resta livrée à la végétation et à la ruine.

DEUXIÈME PARTIE

5

Même pas la trentaine, Danièle ne se souciait pas encore du temps qui passe. Diplômée, dynamique, plutôt jolie, indépendante, la vie lui offrait tout ce qu'elle pouvait espérer. Certes, elle n'avait toujours pas une situation stable, mais peu lui importait. Elle avait tellement de projets en tête. « Les situations stables, c'est un truc de vieux ! » pensait-elle. Elle, même si ses fins de mois étaient parfois difficiles et le loyer douloureux, elle avait mieux : du potentiel, des opportunités, l'avenir ! Et cette perception lui permettait d'arborer une belle insouciance et une assurance presque insolente. C'est l'âge où tout est possible.

Pour y arriver, elle enchaînait les petits boulots : quelques heures à la caisse d'une supérette ou d'un cinéma, du soutien scolaire d'élèves en difficulté aux parents qui n'en avaient pas, des cours de piano, du travail de correction, de traduction... Pas toujours de quoi mettre du beurre dans les nouilles... Mais elle parvenait généralement à acheter des pâtes.

Et puis il y avait les copines. Elles aussi traversaient cette période incertaine où l'on se cherche : on cherche sa voie, son boulot, son partenaire, son appart... On galère un peu et l'on comprendra plus tard, bien plus tard, qu'en dépit des aléas, voire de la relative précarité, c'était la meilleure époque de la vie.

En attendant, Danièle profitait au jour le jour. Elle n'avait pas grand-chose devant elle, mais son loyer était payé, il lui restait assez de coquillettes dans le placard jusqu'à la fin du mois et les heures qu'elle devait effectuer suffisaient à assurer la prochaine échéance. Ensuite... Eh bien, ensuite, elle verrait !

Cet après-midi-là, sa seule préoccupation était de trouver un bar sympa et pas trop cher pour une soirée entre filles. Les filles... La bande de copines, essentiellement de la faculté, auxquelles s'agglutinaient les copines de copines, parfois avec un copain ou les copains des copines et leur nouvelle copine...

Les amis, ça va ça vient... La bande, elle, reste. Certes fluctuante, mais indéfectible à la manière d'une seconde famille, un peu floue, mouvante. Ça fait chaud au cœur et ça permet d'échapper au sentiment terrifiant d'être seule.

Ce soir, comme tous les vendredis, elles allaient se retrouver dans un bar du quartier de la Croix Rousse pour fêter un évènement quelconque de l'une ou l'autre, ou simplement la fin de la semaine. Elles enchaîneraient quelques bières ou des *mojitos*, histoire de se détendre et surtout de se désinhiber en parlant un peu de tout, sauf de boulot : politique, philo — elles n'avaient quand même pas fréquenté la fac de lettre pour rien ! — et bien sûr d'art. Des expos d'art conceptuel, des *performers*, du théâtre expérimental, des concerts *new grunge* ou du jazz alternatif... Elles voulaient montrer, ou peut-être juste se convaincre, qu'elles n'étaient pas déconnectées, qu'elles n'étaient pas encore entrées dans le système, qu'elles appartenaient toujours au monde intellectuel, qu'elles restaient libre.

Elles ne venaient pas pour faire des rencontres... Enfin... pas de ce genre-là. Elles n'étaient pas comme ça ! Elles ne faisaient pas partie de ces blondasses superficielles qui ne pensaient qu'à mettre un beau mec sous leur couette, ou au moins un qui ait une belle voiture ou une grosse moto ! Non, elles ne cherchaient pas ce type de relations... Pourtant, au fond d'elles, elles auraient aimé qu'il les trouve. Parce que, comme tout le monde ou presque, elles avaient besoin du, ou de la, partenaire privilégiée. De celui ou celle avec qui elles partageraient leur vie : leur quotidien, leurs rêves, leurs passions, leur intimité... Mais curieusement, pas l'argent.

En écoutant ces bavardages insipides d'une oreille distraite, Danièle jouait le jeu de l'indifférence, les yeux perdus au loin dans la foule anonyme qu'elle feignait ignorer. Un vendredi soir comme un autre...

Cependant, du coin de l'œil, sa vision périphérique l'avait alertée que quelqu'un l'observait. Elle n'y fit pas vraiment attention d'abord, mais il lui semblait bien qu'on s'intéressait à elle. Elle n'était pas sûre, évidemment. Surtout ne pas le regarder. Pas tout de suite, ou alors furtivement, en parcourant la salle, l'air de rien...

Trop rapide ! Elle eut l'impression que ce jeune homme la fixait. Elle voulait s'en assurer. Elle n'osait pas récidiver. Il ne fallait pas. Mais elle n'y résista pas. Une seconde, pas davantage !

Une seconde, elle sentit le sang monter vers ses lobes d'oreilles. Deux secondes, elle vit un discret sourire illuminer ce visage. Trois secondes, elle fut troublée par ce regard envoûtant. Quatre secondes, le temps était en train de s'arrêter, il fallait qu'elle s'échappe... Cinq secondes, avec l'impression d'avoir franchi un point de non-retour, elle parvint à s'arracher à cette étrange attraction.

Trop tard ! Elle sentit la chaleur sur son visage. « Pourvu que le fond de teint camoufle cette réaction épidermique ».

Mais Julie avait repéré la scène. Julie, elle la connaissait mieux que personne ; elle ne pouvait rien lui cacher. Tant pis...

Presque malgré elle, son attention était revenue vers cet inconnu. Elle l'observait. L'instant s'était figé. Les autres n'existaient plus. Elle se détendit. Elle se sentait bien maintenant. Sans s'en rendre compte, elle sourit aussi. La soirée était en train de basculer.

Combien de temps leurs regards se croisèrent ? Personne n'aurait pu le dire... En tout cas pas elle. Peut-être Julie, qui avait observé la scène dans un silence complice.

Le jeune homme s'approcha de la table des filles. Quelle audace. Quelle assurance. Il n'allait pas oser ! Si, il osa.

— Bonsoir, vous passez une bonne soirée ? Vous fêtez un évènement ?

— On fête la vie !, s'écria Charlotte dont le troisième *mojito* l'avait déjà désinhibée du sol au plafond !

— Oh là, elle est en forme votre copine ! Elle boit quoi ? Je vais commander le même !

Rires autour de la table.

— C'est un mo-gi-to, rétorqua l'intéressée qui ne comprenait pas trop pourquoi tout le monde riait.

— Un « mogito » bien agité, on dirait... Banco ! J'en veux un pareil !, dit-il en hélant un serveur.

Jetant un œil aux consommations sérieusement attaquées, il proposa.

— Quelqu'un veut autre chose ?

Les filles n'osaient pas, sauf Charlotte qui tendait déjà son verre. Danièle finit discrètement le sien.

— Pour votre amie, je ne sais pas si c'est très raisonnable. Je vous laisse décider...

Il prit les commandes en demandant le petit nom de chacune. Quand le serveur arriva, il récita les prénoms recueillis, avec la consommation correspondante en terminant par Danièle.

— Et moi, c'est Arnold ! Vous me mettrez le même *mojito* qu'à Mademoiselle Charlotte. Ça l'a mise en pleine forme !

Une fois le garçon parti, il demanda s'il pouvait partager leur table. Aussitôt, Julie se poussa sur la banquette, laissant une place disponible presque en face de Danièle.

— Alors, on fête quoi ?, reprit-il en évitant ostensiblement de regarder Danièle. Un anniversaire, des retrouvailles, une promotion ?

— Le plaisir d'être ensemble et c'est déjà beaucoup !, tenta Danièle.

Cette fois, elle avait rougi. Elle en était sûre. Mais elle avait aussi capté l'attention d'Arnold. Il allait devoir lui répondre, c'était l'essentiel.

— Alors, il ne vous manquait plus que moi, déclara-t-il en la fixant.

Elle soutint son regard quelques instants, une bouffée de chaleur lui montait au visage, elle le percevait, elle le savait. Tout le monde devait le voir. Elle était incapable de parler. Les copines qui attendaient une réplique devinaient-elles ce qui était en train de se produire ? Elle se contenta de sourire en penchant la tête. Elle se sentait prise dans les filets de ses propres émotions. Pire, peut-être même de ses sentiments. Julie tenta de lui sauver la mise en détournant la conversation vers le reste du groupe. Diversion peu convaincante. Cette fois, c'était cuit ! Elle le devinait. Son destin était scellé.

Bien plus qu'elle ne pouvait se l'imaginer.

~ ~ ~

Quand Arnold repartit, laissant Danièle avec ses amies, il se contenta de lui dire « à bientôt ». Elle ne répondit pas. Elle ne voulait pas céder à ce genre d'injonction implicite.

Question de principe. De principe et de fierté. Surtout devant ses copines.

Arnold eut l'élégance de ne pas demander le numéro de portable de Danièle. L'élégance, mais aussi une solide assurance. Avec son sourire charmeur, il se contenta de lui laisser sa carte de visite professionnelle. Séducteur, il était confiant ; il savait qu'elle l'appellerait.

Pourtant, la nuit suivante et toute la journée du lendemain, elle ne cessa de repenser au jeune homme. Elle voulait résister. Au moins quelques jours. Ne pas l'appeler. Ne pas se soumettre à cette autorité douce, à ce charisme discret, à cet ascendant qu'il avait déjà sur elle. Il fallait le faire patienter, le laisser douter, le déstabiliser.

Le petit bristol où figurait son numéro lui brûlait les doigts. Plusieurs fois, elle s'en saisit, hésitante, mais elle eut la force de résister. Même si le lendemain, ce fut difficile, elle tint bon. Son emploi du temps bien chargé l'aida à y surseoir toute la journée suivante. Le soir en revanche, elle commença à s'inquiéter : était-elle parvenue à éprouver son impatience au point de le faire douter ? Inversement, ne l'avait-elle pas trop fait attendre ? Elle finit par avoir la faiblesse de se convaincre qu'il risquait de se lasser. C'est presque en panique qu'elle composa son numéro.

— Bonsoir, ici Danièle. Tu te souviens de moi ? L'autre soir au café... avec notre petite bande d'amies.

— Comment aurais-je pu t'oublier ? En tout cas, je suis ravi ; je n'attendais pas ton appel aussi tôt.

La jeune femme se mordit les lèvres. Elle comprit, mais trop tard, qu'elle n'avait pas su résister, qu'elle avait cédé avant ce qu'il escomptait. À moins que ce ne fût précisément ce qu'il voulait lui faire croire. Elle s'était placée elle-même en situation de demande dans ce début de relation. Qu'à cela ne tienne, pensa-t-elle, elle allait rectifier cette erreur. Elle n'était pas du genre à subir, à se laisser dominer. Elle en était convaincue.

Ils échangèrent quelques banalités, mais se refusèrent, l'un comme l'autre, à faire la moindre proposition de rencontre pour partager un resto ou ne serait-ce qu'un café. Danièle qui devinait qu'Arnold avait désormais son numéro, se promit que la prochaine fois, elle attendrait son appel le temps qu'il faudrait.

Arnold n'était pas dupe. Il avait compris ce manège, mais il en était satisfait. En tant que prédateur, il appréciait les proies résistantes. C'était plus intéressant, plus gratifiant pour son ego. Il décida de ne pas la faire languir trop longtemps. Il refusait de se lancer dans cette concurrence puérile et au fond, il avait déjà eu ce qu'il voulait : son numéro et le résultat de son accroche. Il fallait maintenant la rassurer afin qu'elle baisse la garde et passer à la véritable étape de séduction. Il la rappela le soir même.

— Danièle ?, c'est Arnold.

Le cœur de la jeune femme s'emballa. C'était lui. Cette fois, c'est lui qui avait cédé...

— Oui, reprit-il. Je me suis dit que c'était idiot de s'infliger ce jeu de patience. J'ai très envie de te revoir et l'attente est insupportable... Enfin, en ce qui me concerne en tout cas... Pas pour toi ?

Silence... Qu'allait-elle répondre ? Elle ne pouvait pas dévoiler ses sentiments naissants à cet homme qu'elle n'avait vu qu'une fois, à peine quelques heures. Du reste, elle aurait encore été incapable de qualifier ce qu'elle ressentait à ce moment-là. Elle biaisa.

— Écoute, il est tard et je bosse tôt demain matin. On pourrait se voir un soir, vendredi peut-être...

— Vendredi ? Super ! Je vais reporter ma dernière réunion pour terminer plus tôt et on ira prendre un verre ensemble. Ou dîner si tu veux.

Danièle fit mine d'hésiter un instant.

— Bon, d'accord, c'est noté. Mais là, je dois dormir, il faut vraiment que je raccroche...

— Oui. Bien sûr... En pensant à notre prochaine rencontre, je vais rêver comme un enfant.

— Oui, c'est ça, à vendredi, conclut-elle en essayant d'adopter un ton désinvolte.

— Douce nuit.

En dépit de la fin abrupte de cette conversation, Arnold jubilait. Il avait non seulement obtenu son numéro de portable, mais en plus, la promesse d'un rendez-vous.

De son côté, Danièle, même si elle avait voulu se montrer détachée, voire distante, nourrissait des espoirs de la relation sérieuse tant attendue avec un jeune homme réellement adulte.

Arnold lui téléphona en fin de matinée au seul prétexte de savoir à quelle heure elle terminait. Puis, en début d'après-midi, afin de lui demander où il la rejoindrait. Il la contacta une troisième fois le surlendemain, juste pour lui dire qu'il avait hâte et qu'il pensait à elle.

Il voulait surtout qu'elle pense à lui et sa stratégie fonctionnait.

Danièle eut du mal à se concentrer sur son travail, elle était joyeuse, distraite, inconséquente. Finalement, elle le rappela. Le cours chez son dernier élève avait été annulé et elle serait disponible une heure plus tôt.

Elle omit de préciser que c'est elle qui s'était déclarée souffrante auprès des parents du collégien.

Arnold raccrocha avec le sourire.

6

Lors de ce premier rendez-vous, Arnold arriva avec un bouquet magnifique.

Il avait l'air si sensible, si gentil. Il lui donnait l'impression d'un animal blessé. Elle avait envie de le consoler, de le réconforter. Elle voulait le comprendre. Il lui raconta un amour douloureux, une déception qui l'avait profondément meurtri et dont il avait du mal à se relever. Il projetait l'image d'une petite chose fragile dans un corps d'athlète, victime de sa trop grande sincérité, de sa naïveté, peut-être. Il avait donné sa confiance et on l'avait trahi, humilié. Il n'avait pas les armes pour lutter contre le type de perversion de son ex. Il n'en était pas complètement guéri ; son cœur saignait encore.

Après le restaurant, leur rencontre se prolongea par une promenade romantique sur les berges du Rhône. Le rendez-vous se termina par un baiser sur la passerelle du Collège, avant qu'il la raccompagne jusqu'au pied de son immeuble.

Danièle était sur un nuage. Le coup de foudre existait donc !

Le surlendemain, il l'invita dans un petit restaurant aux salons très intimes. Ils finirent la soirée chez la jeune femme. Le matin, quand elle se réveilla, il était parti sans laisser le moindre mot.

Il lui manquait déjà. Elle commençait à sentir une forme de dépendance. Elle tenta vainement de lui téléphoner. Elle se heurtait systématiquement à son répondeur auquel elle confia un, puis deux, puis trois messages. En début de soirée, il daigna enfin la rappeler.

— Désolé ma belle, j'avais un rendez-vous important ce matin et, après notre merveilleuse nuit, je me suis mis en retard. Pour me faire pardonner, je t'invite à la Table d'Eugène ou, si tu préfères, viens chez moi, je te ferai goûter mes lasagnes aux courgettes et à la feta.

— Parce que tu cuisines, en plus ?

— Un peu... En réalité, c'est à peu près le seul plat que je sache préparer, en dehors des *box* de pâtes !

Danièle céda à la curiosité de découvrir l'univers d'Arnold. C'était une manière d'entrer davantage dans son intimité. La soirée fut idyllique. Tout ce qu'elle aperçut de la vie du jeune homme correspondait à l'image qu'elle se faisait de celui qui partagerait sa vie. Il jouait parfaitement ce rôle, même s'il y avait quelques zones d'ombre et des détails troublants comme la photo de cette fille trônant encore sur une étagère. Mais il lui expliqua que, par habitude, il passait devant sans la voir et, pour appuyer son explication, il jeta négligemment le cadre dans une corbeille à papier.

Plusieurs semaines s'enchaînèrent au cours desquelles ils se retrouvaient de plus en plus fréquemment, sortant presque chaque soir en tête-à-tête avant de regagner le studio de l'un ou de l'autre. Surtout celui de Danièle, si bien que, moins de deux mois après leur rencontre, Arnold finit par l'occuper presque à plein temps.

Comme un amoureux éperdu, il multipliait les délicatesses, la couvrant de fleurs et de compliments, l'entourant de sa tendresse. Il lui disait qu'elle était la femme qu'il aurait aimé avoir connu depuis toujours, qu'il se sentait compris, qu'il pouvait se livrer sans retenue, qu'il appréciait la simplicité d'une relation sincère. Pourtant, il refusait de lui dire qu'il l'aimait, invoquant la douleur que ce seul mot ravivait encore.

Danièle, follement éprise, avait confiance dans l'avenir. En toute insouciance, elle n'avait aucun doute sur la force de cet amour qui leur permettrait de surmonter ensemble ses blessures. Elle pensait qu'Arnold, fragilisé par une famille dysfonctionnelle, avait subi des violences psychologiques. Peut-être cachait-il même pudiquement de la maltraitance. Il avait eu la malchance de tomber entre les griffes destructrices d'une fille perverse. Mais maintenant, elle était là, elle ne lui ferait pas de mal, elle allait l'entourer de son affection.

Il lui répondait en lui déclarant qu'elle était une femme exceptionnelle. Qu'il était enfin heureux d'avoir trouvé l'amour de sa vie, celle qu'il avait toujours attendue.

Le couple se construisait vite. Très vite. Trois mois après leur rencontre, ils s'installèrent ensemble en collocation. Elle découvrit à l'occasion du déménagement qu'en réalité, le logement où habitait Arnold, n'était pas le sien, mais celui de son frère. Une omission qu'elle négligea, grisée par le début d'une vraie vie à deux.

Les premiers temps, Danièle vivait un rêve qui se concrétisait. Le plaisir d'être ensemble, de se lever chaque matin près de l'homme qu'elle aimait, de le retrouver chaque soir et de partager tous leurs loisirs. Bien sûr, il fallait faire des concessions, se plier aux habitudes de l'autre, trouver ses limites. Elle comprit progressivement qu'elle n'était plus chez elle, mais chez eux.

La vie commune se révéla moins facile qu'elle ne se l'était imaginée. Des tensions apparurent. Des futilités au début. Arnold commença à lui adresser quelques reproches, voire des remarques désobligeantes. Si Danièle se sentait blessée, elle pensait qu'il ne se rendait pas compte de l'impact de ses réflexions. Elle laissa passer. Elle toléra bientôt ces dénigrements auxquels elle s'habitua petit à petit. Le discours d'Arnold se modifiait doucement. Même s'il lui disait toujours qu'elle était la femme de sa vie, il regrettait qu'elle ne soit pas plus dégourdie, plus souriante, plus grande, plus mince, plus intelligente... Il ponctuait chacun de ses sarcasmes par des expressions à double sens comme « heureusement que tu m'as trouvé » bientôt suivies de « qu'est-ce que tu ferais sans moi » ou « tu as de la chance que je sois là » auxquelles s'ajouta par la suite « ma pauvre fille ! ». La répétition de ces humiliations quotidiennes au sein du couple accomplissait son travail de sape : Danièle perdait confiance en elle, se dévalorisait, essayait de faire de son mieux afin de satisfaire l'exigence de perfection requise par cet être exceptionnel. Elle finit par se convaincre que mériter l'amour d'un homme aussi parfait demandait forcément des efforts pour se hisser à sa hauteur. Ce privilège dont elle jouissait, réclamait des sacrifices. Mais ne parvenant pas à atteindre l'excellence, elle sombrait dans une mélancolie permanente, un état dépressif larvé.

Arnold se mit à émettre des injonctions, des ordres au prétexte de l'aider à mieux faire évidemment, puisque sans lui, elle n'y arrivait pas. Il lui reprochait sa mauvaise volonté, son manque d'implication, sa médiocrité. Et elle lui jurait qu'elle allait redoubler d'efforts pour essayer de s'améliorer. La vie de Danièle devint un calvaire.

En revanche, vis-à-vis des autres, de ses amis, à lui essentiellement, il affichait l'image d'un couple parfait, épanoui, heureux. Danièle affectionnait particulièrement ces jours-là : elle avait l'impression que tout redevenait comme avant. Elle redécouvrait un Arnold brillant, sympathique, attentionné vis-à-vis d'elle, aimant. Du moins, il lui en donnait l'illusion. Même si elle ne buvait pas, les lendemains avaient la puissance d'une gueule de bois. Arnold réglait les comptes, il ressortait tous les reproches que, selon lui, méritaient ses inepties de la veille.

Lorsqu'elle se confiait sur ses difficultés, il lui expliquait que c'était normal. C'était le résultat logique de l'influence de la médiocrité des nombreuses personnes de son entourage : ses amis ne lui apportaient rien, ils la tiraient vers le bas. Quand ils les recevaient, il dénigrait dès leur départ, leur supposée bêtise crasse, leur manque d'ambition, de relief, de culture. Il concluait généralement par son refus de repasser des soirées aussi ennuyeuses.

Sa famille y eut droit à son tour. Ses parents étaient inintéressants, ils ne faisaient rien, ne servaient à rien : ils étaient juste inutiles. Danièle allait les voir, seule. Et chaque fois, il la harcelait par téléphone pour ne pas laisser la relation s'établir. À son retour, elle devait raconter, expliquer, convaincre. Il fallait rassurer Arnold qui montrait ostensiblement qu'il ne se sentait pas bien, qu'il avait souffert de son absence, qu'elle l'avait abandonné. Il était la victime de ses parents trop possessifs qui se vengeaient de celui qui avait pour seul tort de leur prendre leur fille.

Quand c'étaient eux qui lui rendaient visite, il se faisait attendre ou s'éclipsait sans raison. Parfois, il refusait carrément de les voir. Et même s'ils les invitaient au restaurant, Arnold se plaignait dès le lendemain d'un prétendu comportement distant et dédaigneux. Sa mère ne l'aimait pas, son père le méprisait ; ils l'avaient toujours rejeté. C'était injuste. Il ne méritait pas ça.

Chacune de ces rencontres se traduisait par les reproches d'Arnold et de longues discussions pénibles laissant des souvenirs amers d'expériences globalement déplaisantes. Elle finit par appréhender ces visites et plus encore les retours. Ce lent travail de sape porta ses fruits : Danièle finit par couper elle-même les ponts avec ses parents en leur déclarant qu'ils n'étaient pas intéressants et qu'il lui était inutile de les voir.

L'année suivante, l'entreprise qui employait Arnold changea de main et les nouveaux actionnaires procédèrent à la « rationalisation des structures et au redéploiement des ressources. ». En clair, il s'agissait de faire des économies sur les frais de personnel grâce à une sévère réduction des effectifs. Il eut le choix entre quitter le service commercial du siège lyonnais pour prendre un poste en production à l'usine de Montbard, ou refuser cette « *offre généreuse* » en acceptant un licenciement sec. Ils durent déménager et Danièle sacrifia son emploi de chef de rayon d'une grande librairie près de la place Bellecour. La possibilité d'une démission d'Arnold ne fut naturellement pas envisagée.

Elle fut ainsi coupée de ses derniers amis lyonnais, isolée dans une région qu'elle ne connaissait pas, sans vie professionnelle ni sociale. Il ne lui restait que sa sœur qui, travaillant près de Troyes, s'était établie à côté de Chaource, à une heure de route. Elle venait de temps en temps lui tenir compagnie.

Désormais seule, une vie monotone, sans couleur et sans saveur, s'écoulait dans la grisaille de son couple sous la violence psychologique de ce compagnon auquel elle n'était plus en mesure d'échapper.

Heureusement, Danièle, dynamique sur le plan professionnel, retrouva un emploi à la librairie du centre-ville. Ses compétences, ses qualités relationnelles et son sourire réservé plaisaient à la clientèle ainsi qu'à son patron. Elle y trouvait ses seuls contacts sociaux.

Son travail était devenu sa seule source de plaisir, son seul point d'accroche, sa dernière bouée.

7

Ce lundi-là, Danièle se rendit à la gendarmerie de Montbard. C'est Michel Lassigny, l'adjudant de permanence, qui la reçut. La cinquantaine, alerte, des yeux bleus perçants sous des cheveux grisonnants, son air débonnaire mit spontanément sa *cliente* en confiance.

— Ne vous inquiétez pas madame, il va revenir !

— Ça fait quand même presque une semaine que je n'ai pas de nouvelle…

— Il a l'habitude de s'absenter, comme ça ?

— Oui et non. Des déplacements professionnels, oui, il y en a de temps en temps. Mais il revient toujours à la date prévue. Au pire, il peut rentrer en retard pour peu que… Qu'il ait raté son train, se reprit-elle. Là, ça fait trois jours.

— Trois jours… vous êtes sûre ?

— Euh… oui. Je l'ai accompagné mardi dernier à la gare et il m'a dit qu'il reviendrait vendredi.

— Bon, asseyez-vous, je vais prendre votre déposition.

L'adjudant Lassigny s'installa devant son PC et commença à rédiger un procès-verbal tandis que Danièle racontait son histoire.

Procès-verbal de déposition spontanée

Objet : signalement de disparition inquiétante

Déclarant : Danièle HXXXXXXX.

---Nous, Michel Lassigny, adjudant de gendarmerie, agissant en qualité de chef de poste de permanence de la gendarmerie nationale de la brigade de Montbard.

---Constatons ce lundi 11 juin 2001 que se présente à notre service la personne ci-dessus dénommée qui nous déclare :

Sur les Faits :

---Je me présente ce jour pour signaler la disparition inquiétante d'Arnold Monsivin dans les circonstances suivantes.

---Le 27 mai 2001, Arnold avec qui je vis en concubinage depuis 1998 m'a prévenue qu'il allait s'absenter du 5 au 8 juin afin d'effectuer un déplacement professionnel au siège de son entreprise, à Paris.

---Mardi dernier, 5 juin, j'ai conduit Arnold Monsivin à la gare de Montbard où il devait prendre le TGV de 9h08. Il s'est engagé dans le passage souterrain qui mène au quai direction Paris. Je ne l'ai pas revu depuis.

---Il était vêtu d'un costume de ville sombre et portait un sac de voyage.

---À ce moment-là, j'ai pris le volant de ma voiture et je suis repartie pour me rendre à la librairie du centre où je travaille.

---Je n'ai eu aucune nouvelle de la semaine. Arnold n'en donnait jamais lors de ses déplacements.

---Le vendredi suivant, 8 juin, j'ai reçu un appel téléphonique de son employeur qui me signalait son absence de l'usine depuis le mardi 5. Celui-ci m'a appris qu'Arnold n'avait ni mission ni motif professionnel de se rendre à Paris.

---J'étais inquiète, mais je me suis dit qu'il s'agissait d'une erreur et qu'Arnold pourrait expliquer ce malentendu à son retour.

---Arnold n'est pas rentré vendredi soir. J'ai pensé qu'il avait décidé de profiter des divertissements de la capitale avec ses collègues.

---Je l'ai attendu tout le samedi et puis le dimanche, sans trop m'en soucier car il lui était déjà arrivé de revenir en retard.

---Ce matin, il n'était toujours pas là. Je me suis alors inquiétée car il aurait dû passer à la maison avant de partir à l'usine.

---Les circonstances me semblent très inquiétantes. C'est pourquoi j'ai profité de mon repos pour apporter le présent témoignage à la gendarmerie de Montbard.

---Je souhaite faire un signalement concernant cette disparition.

---Je prends acte que vous me remettez une copie de cette déclaration.

---Je n'ai rien d'autre à ajouter.

---Après lecture faite personnellement, la déposante persiste et signe avec nous le présent.
Déposante : *Danièle H.*

En lui donnant une copie de sa déposition, l'adjudant Lassigny essaya de rassurer la jeune femme en minimisant les faits. Puis, pour apaiser ses craintes, il lui proposa d'attendre un peu, juste le temps de passer quelques coups de fil.

— On va faire le tour des hôpitaux, pompiers, commissariats... La routine. Si ça trouve, on va le dénicher au fond d'une cellule de dégrisement. Ça arrive plus souvent qu'on le dit, vous savez ! Ne vous faites pas de mouron, je suis sûr qu'on va vous le retrouver votre bonhomme.

Dans le couloir, Danièle relisait le document en se remémorant sa semaine passée. Bien sûr, elle n'avait pas tout dit. C'était un procès-verbal de gendarmerie, alors elle s'en était tenue aux éléments factuels. Rien que du factuel.

Elle n'avait pas mentionné la relation particulière au sein de son couple : la domination de son compagnon, son emprise. Elle n'avait pas partagé ses craintes permanentes, ses angoisses, ses complexes. Elle n'avait pas parlé du sentiment d'être abandonnée quand Arnold lui avait annoncé ce déplacement. Pourtant, ce soir-là, elle n'avait fait aucun commentaire. Elle s'était soumise une fois de plus, sans rien dire, par peur de recevoir une énième remarque désobligeante, de nouveaux sarcasmes.

Et puis elle repensait à tous les détails anodins qu'elle n'avait pas rapportés. Elle se demandait tout de même s'il n'aurait pas fallu apporter davantage de précisions. Ainsi le procès-verbal ne mentionnait pas qu'elle avait égaré son téléphone le matin et ne l'avait retrouvé que le soir. Un fait sans importance dans sa déclaration, mais qui expliquait son emploi du temps un peu particulier d'une partie de sa journée. Et elle n'avait pas parlé de l'appel à l'aide de Lisa, sa sœur. Elle le dirait à l'adjudant à son retour.

Celui-ci revint près d'une heure plus tard, l'air un peu embarrassé.

— On a fait le tour des hôpitaux et des gendarmeries de la région. Pour l'instant, on n'a rien. Mais ne vous inquiétez pas, un collègue élargit les recherches sur Paris. En revanche, on a rappelé l'entreprise de votre conjoint et... comment dire... il y a un point qu'il faudrait éclaircir. Vous êtes sûre que vous nous avez tout dit ?

— Non justement. En vous attendant, je me suis souvenu de détails que je n'ai pas mentionnés. Je ne sais pas si c'est important...

Il la fit rentrer dans son bureau.

— Je vous écoute.

— Le matin, en arrivant à la librairie, je me suis aperçue qu'il me manquait mon téléphone. J'ai pensé l'avoir oublié chez moi, alors j'ai décidé de retourner le chercher lors de ma pause le midi. Mais je ne l'ai pas trouvé. Il n'était ni sur son chargeur de ma table de nuit, ni dans la cuisine, ni à ma place sur le canapé. J'ai regardé partout ! Par contre, il y avait un message inquiétant sur le répondeur du téléphone fixe. C'était Arnold qui me faisait part d'un appel de ma sœur, Lisa. Il disait qu'elle avait essayé de me contacter, qu'elle avait besoin de mon aide de toute urgence, mais qu'il ne savait pas pourquoi. Alors j'y suis allée.

— C'est loin ?

— Oui, quand même ! C'est à une soixantaine de kilomètres sur la route de Troyes, près de Chaource. Cent vingt bornes pour rien : sur place, j'ai trouvé personne. La maison paraissait inoccupée. J'en ai fait le tour et j'ai vu que tous les volets étaient fermés. J'ai sonné avec insistance, tapé à la porte. Pas un bruit. J'ai pensé qu'elle était partie entre-temps. Lisa n'est pas du genre patient... Le plus proche voisin étant à près de deux kilomètres, il était est illusoire d'en tirer la moindre information, alors je suis repartie au travail. Je me suis dit que j'y retournerai en fin de journée. Évidemment, je suis arrivée avec presque une heure de retard à la boutique, ce qui a surpris mon patron. Il n'était pas content. D'habitude, je suis toujours très ponctuelle.

« Le soir, en quittant la librairie, j'ai repris ma voiture sur le parking du marché. J'avais à peine démarré que j'ai entendu la sonnerie de mon portable qui semblait provenir de sous le siège passager. Je me suis tout de suite arrêtée, mais le temps de me ranger, de serrer le frein à main, de me pencher, ça avait raccroché. L'afficheur indiquait « numéro inconnu ».

J'étais quand même contente ; finalement mon téléphone n'était pas perdu.

— Ensuite ?, demanda le gendarme, pressé d'en venir à l'essentiel.

— Ensuite, je suis retournée chez ma sœur. J'ai trouvé la maison aussi fermée que le midi, alors je suis rentrée. En arrivant, j'ai essayé de contacter Arnold pour lui faire part de mes tentatives infructueuses et savoir s'il avait eu d'autres nouvelles de Lisa. Mais je n'ai pas réussi à le joindre ; mes appels étaient systématiquement rejetés. De toute façon, quand il est en déplacement, il répond jamais.

Danièle ne précisa pas qu'elle n'y tenait pas vraiment, qu'il l'aurait encore rabrouée et probablement traitée d'idiote, de froussarde incapable d'insister pour se faire ouvrir... Elle n'expliqua pas davantage que la suite de la semaine s'écoula en toute sérénité ; que restée seule, elle n'avait pas à supporter le stress permanent d'Arnold, ses reproches, ses colères subites ; que lors de cette absence, elle s'était sentie plus libre, plus légère ; qu'elle attendait le vendredi en profitant pleinement de ce calme sans la moindre inquiétude.

Elle poursuivit.

— Je n'avais aucune nouvelle de lui, mais je ne l'appelais pas. J'avais l'habitude de ses longs silences pendant ses déplacements. Je ne me serais pas permis de le harceler. J'étais plus perturbée par l'absence de ma sœur que par celle d'Arnold. Je me suis dit que j'y retournerais avec lui au cours du week-end.

Danièle s'interrompit.

— Et c'est tout ?, demanda l'adjudant.

— Ben oui... C'est tout ce qui me revient.

— Vous pouvez me reparler de l'appel de l'usine d'Arnold ?

— Je vous en ai déjà parlé. C'est dans ma déposition. Il y a un problème ?

— Je ne sais pas. J'aimerais avoir des détails sur la teneur de la conversation. Sans rien oublier, cette fois.

Sa dernière phrase trahissait un début de suspicion. Danièle devait en dire davantage, être plus claire, plus exhaustive.

— Vendredi matin, c'est Sylvie, la secrétaire du patron qui m'a appelée. Comme je vous l'ai dit, elle m'a informée qu'Arnold était absent depuis mardi. Elle m'a demandé s'il était souffrant en précisant qu'elle n'avait pas reçu son arrêt maladie. Je lui ai dit que non, qu'il devait être à Paris, pour une réunion de négociation au siège. Elle a prétendu qu'il n'était pas en déplacement et que, du reste, l'entreprise ne l'avait jamais envoyé en mission extérieure. Ça m'a étonnée parce que depuis trois ans, il s'absentait régulièrement à cause de son travail. J'ai supposé qu'elle n'était pas bien informée. Mais je n'étais plus sûre. Je me suis dit qu'il avait peut-être un rendez-vous à l'insu de sa hiérarchie, pour chercher un autre boulot ou postuler chez un concurrent. Je ne savais pas quoi répondre. J'ai pas osé dire que je ne l'avais pas vu depuis son départ mardi. J'avais peur de dévoiler malencontreusement une démarche sciemment organisée par Arnold. Je ne comprenais pas. Il aurait pu m'en parler. Il risque peut-être de se faire virer.

— Et qu'avez-vous dit ?

— J'ai dû leur raconter que j'avais moi-même été en déplacement toute la semaine, donc que je n'étais pas au courant. Alors, elle m'a simplement dit qu'Arnold devait les contacter rapidement pour ne pas se mettre en situation d'abandon de poste.

— Apparemment, vous ne les avez pas vraiment convaincus. Elle vous a trouvée hésitante. Elle a pensé que vous lui cachiez quelque chose. C'était le cas...

— Pas étonnant. Je ne sais pas mentir...

— Même pas à moi ?

— À un gendarme ? J'oserais pas.

— Et vous n'oubliez rien d'autre ?

— Non... Je crois pas. En tout cas, rien de volontaire...

Danièle réfléchissait. Elle essayait de se souvenir de détails susceptibles d'intéresser son interlocuteur.

— Euh, si... Ensuite, j'ai voulu joindre Arnold. J'ai pas réussi. Pourtant j'ai insisté, je lui ai même laissé plusieurs messages sur sa boîte vocale. Sans succès. Il devait revenir ce soir-là, mais minuit passé, il n'était toujours pas rentré. Je me suis dit qu'il faisait sûrement la fête avec ses collègues. Ce n'était pas la première fois. J'ai attendu toute la journée du samedi, l'inquiétude grandissante, en essayant de me persuader de son retour tardif après un repas trop arrosé. C'était déjà arrivé... Mais d'habitude, le dimanche, il était toujours là.

Lassigny sembla surpris et un peu déstabilisé par la jeune femme. Elle paraissait tellement inquiète, tellement sincère qu'il avait envie de la croire

— Un instant s'il vous plaît. Je vais vérifier quelque chose.

Danièle se retrouva seule dans ce bureau austère. Elle sentait que la situation lui échappait, mais elle ne comprenait pas ce qui se passait.

Pendant ce temps, l'adjudant consulta Olivier Suisko, le lieutenant qui dirigeait la brigade.

— Écoute Michel, on m'a appris que le téléphone de son conjoint ne borne plus nulle part. C'est quand même étrange, non ? Et pourquoi elle a menti à la secrétaire ? Elle nous a aussi caché la vérité dans sa déposition initiale. À qui elle raconte des bobards ? À eux, à nous, ou au deux ? Et à son patron... Il nous a dit que son retard lui avait paru surprenant, que d'habitude, elle est d'une ponctualité sans faille. C'était la première fois qu'elle n'était pas là à l'ouverture. Et elle lui a semblé stressée, anxieuse, bizarre. Elle lui a donné une excuse confuse, une vague histoire d'absence de sa sœur, d'un énigmatique appel au secours trouvé sur son répondeur. Mais il a eu l'impression que ça sonnait faux. Il y a un truc pas clair ! Il faut creuser...

— T'as raison. Je vais lui faire cracher son emploi du temps de la semaine dernière.

De retour dans son bureau, toujours aussi affable, Lassigny s'appliqua à mettre Danièle en confiance afin de l'inciter à parler ouvertement. Jouant la compassion, il lui assura qu'ils avaient besoin d'un maximum de détails pour lui donner le plus de chances possible de retrouver son conjoint.

— Cette absence ne peut pas encore être qualifiée de disparition inquiétante, mais on va vous aider. Il faut prendre toutes les précautions, vous comprenez ? On ne sait jamais. Le collègue continue de se renseigner auprès des hôpitaux. Pendant ce temps, on va revoir ensemble le déroulement de la semaine passée. Il suffit parfois d'un détail qui paraît anodin pour nous mettre sur la voie.

Confiante, Danièle livrait son planning sans retenue.

— La librairie est fermée le lundi. J'étais de repos. Arnold est donc parti travailler en voiture comme d'habitude. Ce soir-là, je n'ai rien de particulier à signaler. Mardi matin, je l'ai déposé à la gare avant de me rendre à la boutique.

— Vous ne vous souvenez pas d'un détail ce jour-là ? Son comportement, une dispute… quelque chose d'inhabituel ?

— Non… Si ! Mon téléphone égaré, le trajet chez ma sœur… Mais je vous l'ai déjà raconté. La semaine s'est poursuivie normalement jusqu'à vendredi.

— Pas de message, pas de coup de fil ?

— Non, il n'appelle jamais quand il est en déplacement. Et moi non plus, j'ai peur de… de le déranger.

— Je vois… Et ça ne vous inquiète pas ?

— Non, j'ai l'habitude. Je n'avais aucune raison de m'affoler, il m'avait dit qu'il ne rentrerait qu'à la fin de la semaine… Ce n'est que samedi que j'ai commencé à me poser des questions.

— Pourtant, vous n'êtes pas venue… Ni dimanche, d'ailleurs. Pourquoi vous avez attendu ce matin ?

— Je ne voulais pas vous déranger inutilement. Je m'inquiétais, mais après tout, c'est un adulte. Il fait ce qu'il veut. Et puis il lui était déjà arrivé de rentrer avec un ou deux jours de retard.

Lassigny laissa passer un long silence pour donner à Danièle le temps de réfléchir et aussi, peut-être, de faire monter son anxiété. Progressivement, le doute s'insinuait en elle. Elle sentait que quelque chose dérapait.

— Rien d'autre ?, finit-il par demander.

— Non. Je ne vois pas.

Le lieutenant Suisko entra dans le bureau de l'adjudant.

— Pourquoi nous avoir caché la petite balade à Chaource, lors de votre première déposition ?

Danièle prit cette question comme une gifle.

— Ça n'avait aucun rapport. Ce n'était pas important. J'ai oublié…

— C'est moi qui décide ce qui est important !, coupa le lieutenant. Il y a d'autres choses que vous avez "oubliées" ?

Le ton de la conversation avait changé. Elle comprit que ça prenait mauvaise tournure.

— Non, je ne crois pas…

Cette fois, c'est la panique qui transparut dans le timbre de sa voix.

— Vous croyez ou vous voulez nous faire croire ? Vous savez, il faut nous dire toute la vérité. Parce que sinon on perd du temps en recherches inutiles. Et puis on finit toujours par savoir.

Devant ces sous-entendus, Danièle devint hésitante. Elle percevait la suspicion chez le lieutenant Suisko.

— Je suis sincère. Je ne vous cache rien. Je veux juste retrouver Arnold. Vous me suspectez de quelque chose ?

— Je devrais ?

— Non, je vous assure !

— Pourtant, son patron vous a bien dit que votre conjoint ne s'était pas pointé depuis mardi, non ?

— Oui, c'est vrai...

— Et vous, vous lui avez répondu que vous n'étiez pas là de la semaine, non ?

— Oui, j'ai préféré dire que je ne savais pas où il était. J'avais peur de faire une gaffe qui lui porte préjudice.

— Donc, vous leur avez raconté des salades…

— Oui, admit-elle, avec l'air d'une gamine qui ramène à son père une punition de l'école.

— C'est pas beau de mentir, vous savez ! Surtout à un gendarme ! C'est eux ou nous que vous pipeautez ? Du coup, on ne sait plus trop...

— C'est eux, je vous jure ! J'avais peur qu'Arnold ait des ennuis...

— Il faut être sûre, parce que ce que vous nous affirmez apparaîtra dans le procès-verbal de votre déposition.

— Mais, je suis sûre !

Suisko fixa la jeune femme au cours d'un lourd silence.

— Bon, on fait une pause, lâcha-t-il. On vous laisse réfléchir. Dites-vous bien que la vérité est toujours la meilleure option. Vous voulez boire quelque chose ?

Danièle déclina d'un signe de tête.

Devant la machine à café, le lieutenant et son adjoint se concertèrent.

— Il faut arrêter de perdre notre temps avec cette fille. Elle nous balade !

— Je sais pas... Je suis mal à l'aise vis-à-vis d'elle. Il y a un truc que je ne sens pas : ce qu'elle nous raconte semble l'incriminer, pourtant j'ai l'impression qu'elle est sincère.

— T'es pas payé pour avoir des impressions, mais pour collecter des faits et établir des constats. Colle-la en garde à vue. On va la faire mariner un peu, histoire de voir si c'est pas du flan.

— C'est trop tôt. Il n'y a rien qui presse. Là, elle est en confiance. Elle parle sans retenue, répond à mes questions. Si jamais elle me raconte des bobards, elle finira par se prendre les pieds dans le tapis. Il vaut mieux la laisser en audition libre, tant qu'elle coopère. Ensuite, on pourra toujours la placer en garde à vue et on n'aura pas entamé nos quarante-huit heures…

— D'accord, mais il faut pas perdre trop de temps. On lance une *perquize*.

— Moi, je crois plutôt qu'on devrait la jouer en douceur : on lui propose simplement qu'elle nous fasse visiter sa maison. Après tout, on est là pour l'aider à retrouver son conjoint. C'est pas la peine d'éveiller sa méfiance, sinon elle va se fermer comme une huître.

— OK, je te suis... On fait quand même venir la scientifique !

— Bien sûr, pas de problème.

En retournant à son bureau, l'adjudant n'était pas à l'aise vis-à-vis de Danièle. Elle était évidemment suspecte, pourtant, il avait l'impression qu'il allait trahir la confiance qu'il avait instaurée. Il savait que cette visite était effectivement la meilleure chose à faire, mais il n'en était pas fier. Sans doute aurait-il préféré préserver la sincérité du dialogue qu'il avait réussi à établir.

— Pour nous aider dans nos recherches, il serait intéressant d'aller chez vous. Peut-être que votre conjoint y a laissé des indices de son départ. Vous n'y voyez pas d'inconvénient ?

— Non, je vous l'ai dit, je n'ai rien à cacher.

~ ~ ~

Une demi-heure plus tard, il la fit monter à l'arrière de la voiture de service et prit le volant en direction de Saint-Rémy. Le lieutenant, qui s'était installé à la place du passager, ne prononçait pas un mot. Il observait attentivement la jeune femme dans le miroir de courtoisie qui n'avait jamais aussi mal porté ce nom. En arrivant au domicile de Danièle, il se manifesta enfin.

— Laissez entrer la scientifique en premier. Ils doivent examiner s'il y a des traces suspectes.

— Vous savez, j'ai passé tous les soirs de la semaine et tout le week-end chez moi, alors les traces, il y aura forcément les miennes. Mais à part moi…

— On ne sait jamais ce qu'on va découvrir avant d'avoir cherché, coupa le lieutenant.

Pendant que l'équipe de l'IRCGN[11] investissait la maison, Lassigny restait en retrait. Il trouvait l'attitude autoritaire de son jeune chef contreproductive : la suspecte risquait de se murer dans le silence.

Il l'observait sans rien dire. Innocente ou pas, elle paraissait sereine et ne se comportait pas du tout comme une coupable sur le point d'être démasquée. Il partageait ces réflexions

---

[11] IRCGN : Institut de Recherche Criminelle de la Gendarmerie Nationale (gendarmerie scientifique)

avec son supérieur, quand un officier scientifique réapparut sur le pas de la porte d'entrée.

— Mon lieutenant, vous devriez venir !

— Tu vois Michel, dit-il en s'éloignant vers la maison, il y a quelque chose plus fort que les impressions : ce sont les faits.

L'adjudant restait sceptique. Pourtant, Suisko ressortit presque aussitôt, blême. Après avoir respiré un peu d'air frais, il consulta sa montre.

— Il est onze heures vingt-trois, annonça-t-il à Danièle. À compter de cet instant, vous êtes en garde à vue.

8

Le lieutenant lui récita ses droits.

— La garde à vue est prononcée pour une durée de vingt-quatre heures, qui peut être prolongée à quarante-huit heures par le procureur de la République ou un juge d'instruction. Cette mesure vise à poursuivre une enquête sur un homicide commis en ces lieux, à une date à déterminer, dont vous êtes suspectée. Vous avez le droit de demander l'assistance d'un avocat et d'être examinée par un médecin. On peut prévenir votre employeur et l'un de vos proches si vous le souhaitez. Au cours de la garde à vue, vous pouvez faire des déclarations, répondre aux questions qui vous seront posées ou vous taire.

— Je n'ai besoin ni de médecin, ni d'avocat, protesta Danièle. Je n'ai tué personne ! C'est forcément un malentendu !

— L'enquête nous le dira… En attendant, je vais vous demander de bien vouloir nous suivre pour apporter quelques éclaircissements concernant les premiers éléments que les scientifiques ont découverts chez vous.

Il la fit entrer, encadrée par un gendarme et l'adjudant qui n'en croyait pas ses yeux. En dépit des évidences, il persistait à croire que ça ne collait pas.

À l'intérieur, les volets de la cuisine étant clos, on éteignit la lumière. Soudain, les UV d'une lampe de Wood, révélèrent d'innombrables traînées d'un bleu brillant sur le sol et des murs constellés de projections.

— Regardez toutes ces marques fluorescentes. Ce sont des traces de sang révélées par le *luminol*, commenta le lieutenant. Vu la quantité répandue, s'il appartient à un seul gars, il n'aura plus mal aux dents, si vous voyez ce que je veux dire ! Les coupables peuvent raconter ce qu'ils veulent. Le *Bluestar*, lui, ne ment pas.

— Vous croyez que c'est celui d'Arnold ? C'est un cauchemar !

— C'est à vous de nous l'expliquer.

— Mais j'en sais rien ! J'ai jamais vu de sang ici, moi !

— C'est pourtant votre maison. Maison dans laquelle vous nous avez dit être restée seule toute la semaine. Personne ne sait mieux que vous, ce qui s'est passé entre ces murs ! Non ?

— Je vous dis que je n'en ai pas la moindre idée !

Effondrée, elle se tourna vers l'adjudant auprès de qui elle pensait encore pouvoir trouver, sinon de l'aide, du moins un reliquat de confiance.

— Vous me croyez, vous ?

Lassigny ne répondit que par une moue dépitée. Face à tous ces indices, il ne savait plus que croire.

Sur le bureau d'Arnold, ils trouvèrent son trousseau de clés et dans l'un des tiroirs, son portefeuille avec carte bancaire, chéquier...

— Votre conjoint serait parti en déplacement professionnel sans ses papiers ?, demanda le lieutenant.

— Évidemment non !, rétorqua Danièle.

— Alors c'est quoi, ça ? Passeport, argent liquide... Tout y est !

— Il a dû les oublier !

— Bien sûr ! Suis-je bête ? On s'apprête à passer plusieurs jours à Paris, mais on ne pense pas à emporter un moyen de paiement. Normal !

Dans la salle de bains, le gendarme observa la brosse à dents à côté d'un rasoir.

— C'est à lui ?, on dirait. Il est parti pour une semaine sans prendre ses affaires de toilettes, non plus... Il a oublié aussi, je suppose. Curieux, non ?

Tandis qu'elle essayait de chercher une réponse plausible, les enquêteurs scientifiques poursuivaient leurs investigations, allant de découverte en découverte. Ils multipliaient les prélèvements. L'un d'entre eux sortit un vêtement ensanglanté, du fond du panier à linge. Le lieutenant le brandit sous les yeux de Danièle.

— Il est à vous ce T-shirt ? « Princesse coquine » ce n'est pas votre homme qui met ça ?

— Ben non, c'est le mien !

— Et vous allez pouvoir nous expliquer tout ce sang, bien sûr ! À moins qu'on ait affaire à un assassin fétichiste qui aurait pris la peine d'enfiler vos vêtements pour commettre son crime !

L'ironie du lieutenant et l'impossibilité d'apporter la moindre explication à ce qu'elle découvrait en même temps que les enquêteurs finirent par la faire craquer. Elle s'effondra en larmes. C'est en pleurant qu'elle fut conduite à la voiture de gendarmerie, soutenue par l'adjudant qui, en dépit de cet amoncellement d'indices, refusait de croire à la culpabilité de la jeune femme.

— Vous ne voulez toujours pas un conseil ? Je peux appeler un avocat commis d'office.

Sans un mot, les yeux dans le vague, elle faisait non de la tête.

— Un médecin peut-être ?

Elle le regarda, l'air implorant.

— Mais qu'est-ce qu'il m'arrive ?

Elle ne reçut aucune réponse de Lassigny qui, lui aussi, aurait bien voulu savoir.

Alors que les scientifiques chargeaient leur moisson d'indices à l'arrière de la fourgonnette de service, le lieutenant regagna la voiture l'air satisfait.

— Retour à la brigade ! Il est temps de tirer tout ça au clair.

Pas un mot ne fut échangé pendant le trajet. En arrivant devant la gendarmerie, il désigna le seul véhicule garé sur le parking visiteur.

— Elle est à vous la Clio rouge ?

— Oui, pourquoi ?

— Donnez-nous les clés, on va la rentrer pour que la scientifique l'examine.

Danièle s'exécuta avant d'être conduite en salle d'interrogatoire. Cette fois, le lieutenant prit place à côté de l'adjudant et commença à poser les questions.

— Avec tout ce qu'on a trouvé chez vous, est-ce que vous maintenez vos déclarations précédentes ?

— Évidemment ! C'est la vérité.

— Bien... Alors comment expliquez-vous les traces de sang dans la cuisine, le couloir, la salle de bains, sur les serviettes. Et ce t-shirt...

— Je ne sais pas. Je ne comprends pas.

— Pourtant vous l'avez vu comme nous ! Il n'est pas arrivé tout seul ! Il va falloir nous raconter ce qui s'est réellement passé chez vous maintenant, déclara-t-il en insistant lourdement sur le "réellement".

— Mais j'en ai aucune idée, je vous dis ! Moi aussi, j'aimerais bien savoir ce qu'est devenu Arnold.

— Bon. On ne va pas s'énerver, ça ne nous mènera à rien. Expliquez-nous ce que vous avez fait depuis le moment où on l'a vu quitter l'usine lundi dernier, jusqu'à ce matin, heure par heure, minute par minute, s'il le faut. On a tout notre temps. Et vous allez commencer par nous confier votre téléphone avec son code de déverrouillage.

— Qu'est-ce que vous voulez en faire ? Fouiller dans ma vie privée ? Je vous le donnerai pas, c'est personnel.

— Chère Madame, récita le lieutenant, selon l'article 434-15-2 du Code pénal, le refus de remettre la convention secrète de déchiffrement aux autorités judiciaires est puni de trois ans d'emprisonnement et de deux cent soixante-dix mille euros d'amende. Alors si le cœur vous en dit...

— Et puis, ajouta Lassigny, ça donne aux enquêteurs l'impression qu'on veut leur cacher quelque chose de répréhensible. Croyez-moi, ce serait plus simple pour vous de nous le communiquer.

— 29 07 83.

— Bien. C'est mieux comme ça, assura l'adjudant, heureux de montrer que ses méthodes obtenaient de meilleurs résultats que la brutalité de son supérieur. Maintenant, racontez à nouveau au lieutenant le déroulement de la semaine. Prenez votre temps, essayez de vous rappeler tous les détails, corrigez les erreurs ou les omissions que vous auriez pu commettre, le cas échéant. Vous pouvez encore modifier vos premières déclarations. Tout le monde a le droit de se tromper, vous savez.

Danièle acquiesça sans conviction et reprit le cours de sa déposition. Au fil de son propre récit, elle voyait bien qu'il n'était pas convaincant et qu'il n'apportait aucun élément de nature à expliquer ce qu'elle avait vu dans la maison. Elle comprenait que ça faisait d'elle une parfaite suspecte.

Pourtant, elle continuait à nier son implication, à clamer que ce n'était pas elle.

— Visiblement, il s'est passé quelque chose de terrible chez moi ; je suis d'accord. C'est évident. Mais je ne sais pas quoi, ni avec qui, ni quand. Ça s'est forcément produit en mon absence. Pendant que je travaillais peut-être...

— Bien ! On avance..., déclara le lieutenant. On va demander à votre employeur de confirmer vos horaires. De notre côté, je ne vais pas vous cacher qu'on va réaliser une enquête auprès du voisinage pour savoir ce qu'ils auraient pu avoir vu ou entendu.

— Si vous dites la vérité, ça vous disculpera. Vous n'avez donc pas à vous inquiéter, ajouta l'adjudant.

Le portable du lieutenant sonna. Il décrocha, écouta son interlocuteur en silence, et raccrocha après un bref « merci ».

— On dirait que ça se complique, dit-il à l'attention de Danièle. On vient de m'informer que le téléphone d'Arnold n'a pas été vu sur le réseau depuis mardi à 12h35 précisément.

— Qu'est-ce que ça signifie ?

— Ça nous apprend que son portable, qui a émis toute la matinée près de chez vous, a cessé de fonctionner peu après midi et demi. Pendant votre pause, justement. Bizarre non ?

— Je ne comprends pas...

— Moi non plus ! Mais on a autre chose : curieusement, le vôtre, lui, a été éteint peu avant neuf heures. Heure à laquelle vous nous avez dit avoir laissé Arnold à la gare. Surprenant non ? Vous êtes sûre qu'il l'a pris son TGV ? C'est quand même étrange : pile au moment où il est supposé partir, votre téléphone arrête opportunément d'émettre !

— C'est pas possible... Je comprends pas.

— Et il est resté éteint jusqu'au milieu de l'après-midi. Vous ne vous rappelez pas l'avoir rallumé ?

— Je vous ai dit que je l'avais perdu. Je ne l'ai retrouvé que le soir...

— Ça suffit !, interrompit le lieutenant. Il s'est pas remis en marche tout seul ! Qu'est-ce que vous avez fait entre mardi 9h08 et 15h20. Je veux votre emploi du temps détaillé. Le vrai !

— Je vous l'ai dit : je travaillais le matin. Mon patron pourra vous le confirmer. À midi, je suis passée à la maison. Il n'y avait personne. Je n'ai pas trouvé mon portable. J'ai écouté le message sur le répondeur et je suis allée aussitôt chez ma sœur. Là, je me suis cassé le nez, alors je suis repartie à la boutique. Appelez-les, ils vous le diront.

— Bien ! Même en supposant que ce soit exact, ça vous a laissé trois heures et demie, entre la sortie de la librairie à midi et votre retour à 15h20, durant lesquelles, étrangement, vous disparaissez aux yeux de tous. Introuvable ! Intraçable !

Pendant tout ce temps-là, effectivement, elle n'avait croisé personne et, son téléphone étant éteint, il n'y avait aucune trace de ses déplacements. Elle ne s'était pas arrêtée déjeuner, n'avait pas eu besoin de prendre de l'essence... Rien ne permettait de prouver où elle se trouvait. Restait à expliquer comment son portable avait pu se rallumer à 15h20 puisqu'elle avait déclaré ne l'avoir retrouvé que le soir après 19h00. Elle chercha à convaincre qu'Arnold était réellement parti par le TGV.

— Vous n'avez qu'à regarder les vidéos ! Vous verrez Arnold emprunter le souterrain vers le quai de Paris et prendre son train.

— Bien tenté, mais vous savez pertinemment qu'il n'y a pas de caméra dans la petite gare de Montbard.

Danièle resta silencieuse. Rien, absolument rien, ne permettait d'attester de la réalité de son emploi du temps.

— Je vous laisse réfléchir, conclut le lieutenant. Peut-être que vous allez trouver un détail inattendu... Ou une version différente, plus cohérente avec tous les faits en notre possession.

— Ce que je vous ai dit est la stricte vérité. Vérité qu'un hasard de circonstances ne me permet pas de justifier, mais vérité quand même.

— Moi, je suis gendarme, alors j'ai appris à me méfier du hasard et des coïncidences. Moi, je vais vous dire ce qui s'est passé : entre lundi soir et mardi matin, une dispute. Une simple dispute qui tourne mal. Un accès de colère, un geste de défense un peu trop appuyé, peut-être un malheureux accident... L'accident bête. Sauf que dans le vocabulaire de la justice, ça s'appelle un homicide. Volontaire ou

involontaire ? Vous ne voulez pas nous le dire...
Évidemment ! Quoi qu'il en soit, vous paniquez, ça se
comprend. Vous voilà avec un corps bien encombrant. Alors
vous décidez de vous en débarrasser quelque part et de
simuler le départ d'Arnold, voire son abandon du domicile.
Et vous cogitez la petite fable que vous nous avez racontée :
faire borner votre téléphone à la gare, histoire de suggérer
son déplacement professionnel imaginaire ; puis l'éteindre
afin d'échapper à la géolocalisation et vous rendre à la
librairie en prévoyant de vous occuper du corps pendant la
pause méridienne. Le midi, vous rentrez chez vous, vous
chargez le cadavre dans la Clio et vous partez vous en
débarrasser... À l'occasion, il faudra nous indiquer le lieu où
vous l'avez planqué. De retour à Montbard, vous rallumez
votre téléphone. Mais un homme mort, c'est lourd ! C'était
pas facile à hisser à l'arrière d'une voiture ni à traîner
jusqu'au trou où vous l'avez dissimulé. Alors tout ça a pris
plus de temps que prévu et vous vous pointez à la librairie
avec une heure de retard. Évidemment, vous vous faites
griller par le patron. Celui-ci vous a trouvé bizarre ; il nous
l'a dit. Vous étiez inquiète, nerveuse, stressée. Après une telle
besogne, on le serait à moins. Le reste de la semaine, vous
avez essayé de nettoyer votre maison pour effacer les traces.
Et puis ce matin, vous vous présentez comme une fleur à la
gendarmerie et vous voulez nous faire gober cette histoire.
Mais le sang, c'est têtu, même lavé, dilué, le *luminol* finit
toujours par le révéler. Sans compter que vous avez oublié le
t-shirt et un couteau de cuisine.

— C'est faux ! Je vous jure que je vous ai dit la vérité ! Je ne comprends pas comment tout ce que vous me dites a pu arriver.

— Moi, je comprends parfaitement et le juge d'instruction aussi comprendra. J'en suis convaincu. Maintenant, on va vous remettre en cage. Comme ça, vous pourrez réfléchir au calme. Qui sait, peut-être que vous deviendrez plus raisonnable. Pendant ce temps, je vais transmettre le dossier au procureur.

Le lieutenant fit signe qu'on reconduise Danièle en cellule. Une fois partie, l'adjudant fit part de ses impressions.

— C'est bizarre cette affaire. Pour moi, ça ne colle pas. Je ne sais pas pourquoi, mais j'ai envie de la croire.

— Normal, t'es fatigué. Rentre chez toi t'as dépassé ta fin de service.

Quelques heures après, tard dans la soirée, on la fit revenir en salle d'audition. On lui donna une légère collation et une bouteille d'eau. Le lieutenant entra et entama aussitôt son travail d'interrogatoire.

— Alors, on a bien réfléchi ? On est prête à avouer la vérité ?

— Je vous l'ai déjà dite, la vérité ! Vous refusez de l'entendre

— Bon. Je crois que la nuit va être longue !

Il garda le silence pendant plusieurs minutes en la fixant, pour lui montrer que le temps pouvait s'écouler très lentement. Puis il reprit.

— On va donc reprendre depuis le début : qu'avez-vous fait mardi entre l'heure à laquelle vous avez quitté la librairie et le moment où vous avez rallumé votre téléphone ? Où étiez-vous pendant que son extinction nous empêchait de vous géolocaliser ?

— Je vous l'ai déjà dit.

— C'est drôle, j'en ai aucun souvenir. Mais c'est normal, j'ai tendance à oublier les bobards. Il va falloir recommencer. Et puis des fois, quand on répète, certains détails reviennent.

À ce moment, Danièle comprit qu'il était inutile de parler, que cette nouvelle demande ne consistait qu'à l'épuiser jusqu'à ce qu'elle se contredise ou finisse par craquer. Elle décida donc de se taire. Définitivement.

Le lieutenant dut abattre une autre carte pour tenter de la faire réagir.

— Nos services techniques n'ont pas trouvé le fameux message sur votre répondeur. Encore un truc qui ne colle pas. Bizarre non ?

Danièle sourcilla, mais elle tint bon. Elle ne répondit pas. Le gendarme joua la provocation.

— Vous ne dites rien. Évidemment... Suis-je bête ; vous le saviez déjà ! Cet enregistrement n'a jamais existé. C'était juste un bobard pour justifier l'absence pendant laquelle vous avez fait disparaître le corps. Bien léger comme alibi, d'ailleurs.

Danièle serra les dents. Non, elle ne parlerait pas. L'enquêteur essaya autre chose.

— Et que pouvez-vous me dire à propos de la chaux ?

— La Chaux ? Quelle chaux ?

— Celle du sac stocké au fond de votre garage et dont on a aussi trouvé des traces dans le coffre de la Clio.

— Je ne sais même pas à quoi ça sert.

— Ça sert à accélérer la décomposition d'un corps tout en empêchant les odeurs, par exemple.

Danièle resta interdite.

— Puisqu'on en est aux révélations du service technique et scientifique, je vous ai dit qu'ils ont découvert des taches de sang dans le coffre de votre voiture ? Avec la chaux justement. Et, vous allez rigoler, c'est le même que sur le t-shirt, le couteau et partout chez vous. Du groupe AB, comme celui d'Arnold, d'après la carte de donneur qu'on a trouvé parmi ses papiers. C'est 3% de la population. Tandis que vous, vous êtes O+, c'est bien ça ? Donc, ce sang n'est pas le vôtre ! Des analyses approfondies permettront de vérifier si c'est le sien. Il faudra attendre quelques jours pour avoir les résultats, mais on aura une certitude. Alors qu'est-ce que vous dites de ça ?

— C'est juste impossible. C'est forcément du bluff. Et je vous dirais plus rien.

— Pas grave. Moi, j'ai tout mon temps. Comme je vous le disais, la nuit va être longue. Bon, moi je vais en salle de repos. Vous allez tenir compagnie au brigadier de permanence. Si vous éprouvez une soudaine envie de vous confier, il viendra me réveiller. Je tombe de sommeil.

Suisko quitta son bureau, laissant Danièle menottée, assise sur une chaise inconfortable. Elle l'entendit dire ostensiblement à son collègue « tu me la surveilles. Si elle fait mine de s'assoupir tu me la secoues un peu. Je ne veux pas qu'elle dorme ; il faut qu'elle réfléchisse. Moi je pars en salle de repos.

— Bonsoir mon lieutenant. »

« Quelle saleté, pensa-t-elle. Moi aussi, je vais lui pourrir sa nuit ». Elle attendit une bonne vingtaine de minutes, le temps qu'elle estima nécessaire à son endormissement, puis elle sollicita le brigadier.

— Comme la loi m'en donne le droit, je veux qu'un médecin m'examine.

— Quoi, maintenant ? Mais il est presque minuit ! Ça ne va pas être possible !

— Oui, maintenant. Il n'y a pas d'heure pour se sentir mal. Vous ne voulez tout de même pas avoir un vice de procédure dans votre dossier ?

Le gendarme, manifestement embarrassé, hésita, poussa un profond soupir, puis se leva nonchalamment.

— Je vais demander au lieutenant.

« Eh oui, ta nuit aussi va être longue », pensa Danièle.

Quelques minutes plus tard, le brigadier revint avec son supérieur, visiblement tiré d'un premier sommeil.

— Je ne vous ai pas réveillé, au moins ?, ironisa sa suspecte. Je suis vraiment désolée, mais toutes ces émotions, cette fatigue... Je crois que je suis au bord du malaise. Il faut absolument que je voie un médecin.

— C'est pas possible. Comment voulez-vous que je vous trouve un toubib au milieu de la nuit ?

— Ça, c'est votre problème. Je suppose qu'il y a des dispositions prévues pour ça. Il suffit de les solliciter.

— Le service médical de permanence est à Dijon. Ils ne vont pas pouvoir envoyer quelqu'un tout de suite !

— Je ne crois pas être en mesure de supporter un interrogatoire compte tenu de mon état de fatigue qui met ma santé en danger. Un refus de votre part de me faire examiner par un docteur ne risquerait-il pas de fragiliser la procédure ?

Le lieutenant considéra Danièle d'un air mauvais. « Une chieuse !, pensa-t-il. Mais elle ne m'aura pas comme ça. Je vais lui trouver son médecin ». Il se rendit à son bureau, et tapota sur son téléphone le numéro de la permanence médicale.

— Allo. Ici la brigade de Montbard. J'ai une cliente en garde à vue pour vous.

— ...

— Non, ça ne peut pas attendre ! C'est probablement une meurtrière.

— ...

— Une heure et demie ?, s'écria le lieutenant. Bon OK, à tout de suite.

Il raccrocha, visiblement contrarié et réfléchit quelques instants.

— Bon, il arrive. On n'a plus qu'à patienter...

— Et me laisser en interrogatoire sans savoir si je suis en état de le supporter ? Vous en prenez la responsabilité, ajouta-t-elle.

« Décidément, une sacrée chieuse ! », se répéta-t-il. Puis, s'adressant au brigadier.

— Tu me la ramènes en cellule. On n'a pas trop le choix.

Danièle sourit.

— Vous ne perdez rien pour attendre, lui promit-il.

— Oui, bonne nuit mon lieutenant, lança-t-elle en quittant le bureau.

Cette petite joute avec l'enquêteur lui avait permis de penser à autre chose, de sortir de ses réflexions qui tournaient en boucle dans son esprit. Ça lui avait fait du bien. Elle s'affala sur le bat-flanc et se concentra sur sa respiration pour s'endormir. Elle savait qu'elle devait absolument optimiser son temps de sommeil.

On la tira de sa cellule presque deux heures plus tard. Elle fut conduite en salle d'audition où un docteur l'attendait avec le lieutenant Suisko.

— J'ai bien dormi !, déclara-t-elle, enjouée. Je me sens beaucoup mieux.

— C'est au médecin d'en décider, coupa le gendarme. Je vous laisse. Examinez-la soigneusement et n'oubliez pas de me transmettre votre certificat médical.

La visite ne dura qu'une poignée de minutes. Pouls, tension, brève promenade d'un stéthoscope sur la poitrine, dans le dos. Quelques questions : alcool, drogues, antécédents... De la routine. Le médecin avait l'habitude de ces examens procéduraux. Il quitta rapidement sa patiente.

— Je vous la rends ! Elle est apte à subir vos tortures, plaisanta-t-il en tendant l'attestation.

— Merci. Et n'oubliez pas de me faxer votre rapport, répondit le militaire.

Il contourna son bureau lentement et s'assit confortablement au fond de son fauteuil avec l'air satisfait du prédateur contemplant sa proie.

— La nuit n'est pas finie, ma chère. Maintenant que je sais que vous êtes en pleine forme, on va pouvoir s'attaquer aux choses sérieuses.

— Ah ?, fit Danièle. Alors si les choses deviennent sérieuses, je crois qu'il va me falloir une assistance juridique.

La mine de l'officier se renfrogna instantanément.

— Quoi ?, reprit la jeune femme, ne me dites pas qu'à deux heures du matin, il n'est pas disponible. Il y a forcément des avocats commis d'office de permanence !

Le lieutenant comprit aussitôt. Il composa le numéro du barreau de Dijon.

— Sors-la-moi de ce bureau, aboya-t-il au brigadier. On doit attendre un baveux.

— Bonne nuit, lança à nouveau Danièle.

— C'est ça, bonne nuit ! On verra si vous ferez la maligne demain. Une garde à vue, ce n'est pas un sprint, c'est un marathon.

Trois heures et demie. Le bruit du lourd verrou réveilla Danièle. Une quadragénaire, dont l'élégance dénotait en ces lieux, se présenta.

— Maître Anne Thorjmal.

— Bonjour maître.

— Bon, ne perdons pas de temps. Je ne sais pas si vous le savez mais nous n'avons que trente minutes par tranches de vingt-quatre heures pour nous concerter en dehors des enquêteurs. Alors, dites-moi ce qu'on vous reproche.

Danièle prit quelques instants afin de se concentrer et aller à l'essentiel.

— Arnold, mon compagnon, m'a dit qu'il devait partir en déplacement professionnel à Paris. Je l'ai conduit à la gare mardi dernier et il n'est pas revenu. Quand j'ai signalé sa disparition hier matin, les gendarmes m'ont soupçonnée de l'avoir tué. Ils m'ont amenée à ma maison et là, ils ont découvert plein de traces de sang chez moi. Je ne comprends pas ce qui a bien pu se passer.

— Et c'est vrai ? Vous savez, vous pouvez tout me dire. Quoi que vous ayez fait, je suis là pour vous défendre et je clamerai votre innocence même si vous êtes coupable, si c'est ce que vous souhaitez. En revanche, à moi, il ne faut rien cacher. On doit travailler ensemble, en pleine confiance.

— J'espère que vous allez me croire. Ce que j'ai dit aux gendarmes, c'est la pure vérité. Mais ils sont convaincus que je mens. Je dois dire que je les comprends compte tenu des indices qui s'accumulent contre moi. Je ne m'explique pas comment c'est possible. Les éléments factuels qu'ils ont trouvés et ceux que j'ai vus ne collent pas avec ce que j'ai vécu. C'est incompréhensible. C'est à devenir folle.

— OK. Je vous crois. Calmez-vous et racontez-moi tout ça. On va essayer d'y voir plus clair.

Danièle relata pour la énième fois le récit de sa semaine en notant au passage les contradictions relevées par les enquêteurs.

— Je ne comprends pas par quel miracle ces preuves qui m'incriminent ont pu arriver là, conclut-elle.

— Effectivement, c'est troublant. Mais si vous m'assurez que c'est la vérité, moi, je vous crois. On va essayer de tout décortiquer et d'imaginer élément par élément comment ces contradictions ont pu se produire. Réfléchissez, le matin, vous êtes partie avec votre conjoint, c'est ça ?

— Oui. Il a conduit jusqu'à la gare puis il est sorti de la voiture pour prendre son TGV.

— Pas si vite. Vous l'avez vu monter dans ce train ?

— Pas exactement. Je l'ai juste vu emprunter le passage souterrain qui mène au quai.

— Il se pourrait qu'il n'ait pas pris ce TGV ?

Danièle réfléchit.

— On peut l'imaginer, c'est vrai... Auquel cas, qu'est-ce qu'il serait venu faire à la gare ?

— Il aurait pu simplement se cacher jusqu'à votre départ, filer vers une autre destination, rencontrer quelqu'un ou être contraint de suivre des individus mal intentionnés... Il faut tout envisager ; on n'a aucune certitude qu'il soit parti. Ensuite ?

— Ensuite, je suis allée travailler. Je me suis garée sur la place du marché, comme d'habitude, et en arrivant à la librairie, je me suis aperçue que mon téléphone n'était pas dans mon sac à main. Je ne l'ai retrouvé que le soir, sous le siège passager de ma voiture.

— Il a donc été éteint avant que vous vous aperceviez de son absence. C'est curieux. Réfléchissez bien, êtes-vous certaine que vous l'aviez en partant ?

— Je crois... Mais ce genre de détail, au bout de huit jours... Je ne me souviens plus.

— Si vous l'avez pris, votre compagnon a pu l'arrêter en appuyant sur le mauvais bouton, mal le ranger et il aurait pu glisser sous le siège. Alors que dans le cas contraire, ça signifierait que quelqu'un s'était déjà introduit chez vous. Vous voyez, on peut tout envisager.

Le bruit du verrou résonna. Le lieutenant Suisko était venu en personne pour les extraire de la cellule.

— Mesdames, fini de papoter ! Les trente minutes légales sont écoulées. Maintenant, on va discuter tous ensemble, ce sera bien plus convivial.

— Allons-y, dit l'avocate. Je vous accompagne évidemment !

Les deux femmes retournèrent en salle d'audience. Et l'interrogatoire reprit.

— Bon, on refait le point. Avez-vous l'intention de modifier votre version des faits, de rectifier ou d'ajouter certains éléments ?

— Non. Tout ce que je vous ai déjà dit est la stricte vérité. Je n'ai rien à changer.

— On ne sait jamais. Vous pourriez vous souvenir de détails, vous rappeler où vous avez caché le corps, par exemple. Et puis, la nuit porte conseil, comme on dit. Ça permet parfois de comprendre qu'il vaut mieux avouer. C'est plus simple pour tout le monde et les juges en tiennent compte

— Mais je vous ai dit la vérité.

— Eh bien, on va voir ça...

L'interrogatoire se poursuivit jusqu'au petit matin. Le lieutenant s'apprêtait à être relevé. À huit heures, il pianota sur le téléphone.

— Allo, le greffe ? Ici la brigade de Montbard. A-t-on la décision du procureur ?

— ...

— Je termine bientôt mon service. Avant de quitter la gendarmerie, j'aimerais savoir si je libère ma gardée à vue, ou si on prolonge.

—...

— OK, parfait. J'attends le fax. Merci.

Il reposa le combiné, satisfait.

— Je vais devoir vous abandonner. Notez que je le regrette bien ; j'adore votre conversation. Certes, pas très variée, mais vraiment divertissante. Alors vous allez continuer avec l'adjudant Lassigny. Il a beaucoup d'humour lui aussi. Le procureur a ordonné le prolongement de la garde à vue pour une durée de vingt-quatre heures. On va pouvoir prendre le temps de sympathiser.

Danièle ne répondit pas. L'air abattu, elle cherchait un soutien dans le regard de son avocate. Celle-ci y lisait sa détresse, mais se sentait dépourvue.

Un peu plus tard, c'est l'adjudant qui reprit l'audience. Malgré ses doutes exprimés la veille avant son départ et son air de compassion, il n'avait pas de bonnes nouvelles.

— Désolé, commença-t-il, les preuves s'accumulent : ce matin, la police des chemins de fer de Paris a visionné les vidéos de l'arrivée du TGV de 10h12. En moins de dix minutes, le flot de voyageurs qui viennent travailler à la capitale avait évacué le quai. Aucun d'entre eux ne ressemblait au signalement d'Arnold.

— D'accord, intervint Anne. Il n'est pas monté dans le TGV. Pour autant, ça ne veut pas dire que ma cliente l'a tué !

— Non, c'est vrai. Mais on n'a pas de preuve qu'il se soit rendu à la gare ce jour-là. Il était peut-être déjà mort chez lui où son portable a continué de borner jusqu'à midi.

L'étau se resserrait.

En dépit de la bienveillance de l'adjudant, de nouveaux éléments s'accumulèrent tout au long de la matinée. Ce fut d'abord un appel téléphonique, passé par le gendarme depuis son bureau à l'employeur d'Arnold. Ce dernier confirma qu'il n'avait jamais été question d'un déplacement professionnel à Paris. Lors de la fusion de l'entreprise, Arnold avait été reclassé à la production. Rien ne pouvait justifier une participation à des négociations commerciales.

— Pourtant, demanda Danièle, il m'a dit qu'il devait accompagner une certaine Valérie, une responsable des ventes, qui avait besoin d'un avis technique pour négocier un marché important. Elle voulait étayer la solidité de sa proposition.

— C'est n'importe quoi !, insista cet interlocuteur. Ça n'est jamais arrivé.

— Il s'absentait régulièrement... Il disait que c'étaient des déplacements professionnels.

— Je ne sais pas à quels déplacements vous faites allusion, Madame, mais ce que je peux vous assurer, c'est que ce n'était pas pour notre entreprise.

Un autre pan de la vie de Danièle semblait s'effondrer.

Il n'était pas dix heures quand le service d'investigation technique et scientifique appela. Ils avaient relevé des traces d'hémoglobine sur le sac de chaux. Encore du groupe AB. Pire, mêlés au sang prélevé dans le coffre de la Clio, ils avaient aussi trouvé des cheveux identiques à ceux recueillis sur la brosse de Danièle, à côté de son lavabo.

— C'est pas possible ! C'est un complot !, répéta la désormais suspecte. Je ne l'ai pas tué. Je n'avais pas de raison de le tuer.

— Calmez-vous supplia l'avocate. Vous êtes innocente, alors il y a forcément une explication.

Vers dix heures trente, le service technique apporta de nouveaux éléments. Le spécialiste des recherches numériques, confirma qu'il n'y avait aucune trace d'achat de billet de train sur l'ordinateur d'Arnold. En revanche, l'analyse de ses mails avait révélé une correspondance avec un avocat concernant des démarches de séparation de biens, en prévision d'une rupture d'un pacte civil de solidarité. Dans l'un des messages, Arnold affirmait craindre pour sa vie.

— Un avocat ?, s'offusqua Danièle. Qu'est-ce que c'est que cette histoire ? Il n'a jamais parlé de ça ! Il n'était pas question de rompre notre PACS ! Même si la vie quotidienne est émaillée de quelques disputes, comme tout le monde, on s'entend plutôt bien et on s'aime. Je vous assure.

— Ce n'est pas ce qu'il a l'air de dire. On va demander à cet avocat.

Maître Durieux, confirma qu'Arnold était effectivement venu le consulter à plusieurs reprises pour préparer une séparation.

Avant midi, on apprit qu'il n'y avait plus aucun mouvement sur le compte bancaire du disparu, ni sur sa carte bleue depuis la veille de son départ. En approfondissant les investigations auprès de sa banque, les enquêteurs avaient découvert que son livret d'épargne avait été soldé, les fonds transférés vers des établissements à l'étranger. Tous ses avoirs avaient presque été vidés au cours des semaines précédentes. Il ne lui restait que quelques centaines d'euros.

— Eh bien, commenta l'adjudant de plus en plus déstabilisé, en voilà une raison. L'argent dans un contexte de séparation, c'est un mobile très plausible. Ça se tient.

— Ça n'a pas de sens, contesta l'avocate. Ma cliente n'avait aucun intérêt financier à tuer son compagnon si ses comptes étaient vides !

— À moins qu'ils aient été transférés ailleurs... Sur des titres qu'elle pourrait récupérer par exemple !, objecta-t-il.

L'après-midi, le spécialiste des délits numériques, en collaboration avec les services informatiques de la banque, avait pu établir que des ordres de mouvements de fonds avaient été opérés à partir de l'ordinateur de Danièle. Ses identifiants, son adresse IP et le code MAC de son PC avaient été retrouvés sur les *logs* des transactions. L'informaticien n'avait pas eu de mal ensuite à trouver des traces dans l'historique de navigation.

En fin d'après-midi, sa propre sœur, Lisa, avait contacté la gendarmerie. Rentrée des Baléares le matin même, elle était inquiète de ne pas avoir de nouvelles.

— Elle nous a dit, qu'elle vous avait prévenue de son absence par SMS. Pour une quinzaine, précisa l'adjudant avec une moue embarrassée à destination de l'avocate.

Danièle se retrancha dans un silence méditatif.

Lorsque le lieutenant revint le soir même, son adjoint lui fit une synthèse des nouveaux éléments. En quittant la salle d'audition, une profonde déception avait remplacé le sourire bienveillant de ce dernier.

— D'après nos techniciens, vous avez effacé le SMS de votre sœur, mais on l'a récupéré auprès de l'opérateur de *télécom*, déclara l'officier. Vous saviez pertinemment qu'elle était en vacances. Vous n'aviez donc aucune raison de vous rendre chez elle. C'était juste un faux alibi. Vous n'étiez évidemment pas inquiète au sujet de son absence, contrairement à ce que vous avez affirmé à votre patron. J'ai assez d'éléments pour proposer un déferrement. Ce soir, il est trop tard. Je vais vous laisser vous reposer et vous entretenir avec Maître Thorjmal. Demain, on vous présentera au procureur de la république de Dijon. Je pense que le dossier comporte suffisamment d'indices graves ou concordants, comme l'exige la loi. Il ne sera pas difficile de le convaincre de vous mettre en examen.

Danièle, abattue, ne disait plus rien. Son univers s'effondrait. En se rendant à la gendarmerie la veille, elle n'avait pas du tout envisagé que les évènements puissent prendre une telle tournure aussi rapidement.

— Au point où on en est, vous feriez mieux de nous dire la vérité, lâcha le lieutenant en sortant du bureau. Cela ferait meilleure impression auprès des juges et, dans ce cas, ils se montreront plus indulgents. Vous avez encore la nuit pour y réfléchir.

Le lendemain, elle signa son procès-verbal d'audition comme un automate. On la conduisit au tribunal de Dijon où elle fut présentée au Procureur de la République.

Après une brève audience, celui-ci ouvrit une information judiciaire et désigna le juge d'instruction chargé de l'enquête.

À la suite de son interrogatoire de première comparution, Danièle fut mise en examen pour homicide, placée sous mandat de dépôt et aussitôt incarcérée en détention provisoire au quartier des femmes de la maison d'arrêt de Dijon.

9

Dès qu'elle eut quitté la gendarmerie, l'adjudant fit part de ses doutes au Lieutenant.

— Je la sens pas cette affaire ! Je ne sais pas pourquoi, mais j'ai tendance à la croire. Elle me paraît sincère...

— Ouais... bof. Face à tous les éléments qu'on a, tes intuitions ne pèsent pas lourd.

— Justement, les indices sont trop nombreux et les faits s'enchaînent trop bien, c'est pas normal dans un crime de cette nature. Il faudrait qu'elle soit vraiment cruche pour laisser toutes ces traces derrière elle. Et elle n'est pas idiote.

— Écoute Michel, notre mission, c'est de récupérer les témoignages, la chronologie, les indices, éventuellement les preuves nécessaires à la manifestation de la vérité. Le reste, c'est au juge d'en décider. Nous, on a fait le *job* et on l'a même rondement mené. Alors épargne-toi tes doutes, ça ne sert à rien.

— Je sais bien Olivier... Mais tout de même je m'interroge.

~ ~ ~

Pendant ce temps, de son côté, Danièle subissait le choc carcéral. À la brutale privation de liberté, elle ressentit le traumatisme des procédures d'entrée, la confiscation de ses effets personnels, l'humiliation, la fouille intégrale, la perception de son numéro d'écrou la réduisant à un simple nombre, puis le bruit des grilles, des verrous, des cris anonymes, des longs couloirs qui résonnent. La soumission permanente à l'autorité des gardiens, la saleté, les odeurs, la promiscuité de la cellule d'attente, l'agressivité de certaines codétenues, l'exiguïté des espaces, l'isolement, l'inactivité, tout, dans ce nouvel univers, lui semblait monstrueux. Il lui fallut plusieurs semaines pour s'adapter à cet environnement.

Le juge, lors d'une première audience, l'avait informée du délai légal de dix-huit mois nécessaire à l'instruction, mais il avait ajouté qu'au regard de la concordance des éléments, la présente affaire ne prendrait probablement pas autant de temps.

Au cours des investigations, toutes les interrogations du magistrat se concentrèrent sur l'absence de corps. Son avocate, faisait régulièrement remarquer que cette question révélait une enquête exclusivement à charge. Le juge évoquait alors un énigmatique volet de recherche de personne disparue qui justifiait l'instruction à décharge.

Ainsi, au cours de ses mois de détention provisoire, on examina essentiellement le passé de Danièle et de sa présumée victime depuis leur enfance : l'environnement familial, la scolarité, le profil professionnel, les relations au sein du couple, sa situation financière, l'enquête de moralité auprès des amis et voisins. Il n'en ressortit pas grand-chose, si ce n'est que ce ménage vivait relativement isolé du monde. Lui avait coupé les ponts depuis très longtemps avec son père, toute sa fratrie, et même sa propre mère, qui ne daigna même pas se constituer partie civile. Du côté de Danièle, il ne restait que Lisa. Bien que l'ayant incriminée involontairement, elle fut mise sous écoute, comme seule proche possiblement impliquée dans l'affaire.

L'expertise psychiatrique de la prévenue révéla une personnalité équilibrée, d'une intelligence supérieure, mais surtout un isolement relationnel subi qui s'était traduit par un état dépressif larvé. Elle n'avait plus d'ami ; son conjoint avait fait le vide autour d'elle. Il fut évoqué une réelle situation d'emprise exercée par son compagnon. Il avait su créer une dépendance psychologique nécessitant une longue démarche thérapeutique de reconstruction, qu'elle avait entamée pendant son incarcération. Cependant, loin de plaider en la faveur de Danièle, le psychiatre expliqua qu'une décompensation de ses frustrations pourrait constituer l'élément déclencheur d'un passage à l'acte, ou au moins un mobile.

En ce qui concerne Arnold, on lui découvrit de nombreux amis grâce à l'historique de ses appels téléphoniques et de sa messagerie. Mais en approfondissant les recherches, ils s'avérèrent tous très superficiels, voire factices. Les investigations complémentaires sur son PC ne donnèrent strictement rien.

L'instruction n'apporta pratiquement aucun élément qui n'ait déjà été révélé par l'enquête initiale de flagrance. Danièle continuait de nier fermement son implication dans un quelconque crime, affirmant ne pas comprendre comment tout l'incriminait, restant incapable d'expliquer les incohérences vis-à-vis de sa version des faits.

Seule l'absence de corps plaidait en sa faveur, permettant à son avocate d'invoquer un doute raisonnable quant à la réalité même d'un homicide.

Il n'y eut pas de reconstitution. Danièle refusa d'y participer en arguant qu'elle ne pourrait pas restituer un évènement qui n'avait jamais existé. Le juge d'instruction n'insista pas, convaincu que c'était totalement inutile.

Seulement quinze mois plus tard, estimant que les éléments recueillis étaient suffisamment probants pour établir la vérité, il ordonna le renvoi vers la cour d'assises du tribunal de Dijon.

Compte tenu des évidences et de l'obstination de Danièle à garder le silence, son avocate ne tenta pas de recours auprès de la chambre d'instruction. Du reste, sa cliente n'y était pas favorable. Elle voulait que tout ça s'arrête, que le procès arrive le plus vite possible afin d'être fixée rapidement sur son sort.

Après deux ans de détention provisoire, Danièle fut jugée par la cour d'assises du tribunal de grande instance de Dijon, pour meurtre et dissimulation de cadavre.

L'audience se déroula sans fait marquant : lisse, presque ennuyeuse, donnant l'impression embarrassante que l'on jouait une partition écrite d'avance.

Seul le témoignage de Michel Lassigny dénota. Devenu adjudant-chef, il fut entendu comme témoin au titre de sa participation à l'enquête de flagrance. À la barre, à la surprise générale, il eut le courage de faire part de ses doutes persistants.

— Des indices qui nous sautent aux yeux dès la première heure, des preuves trop évidentes, un alibi trop facile à démonter... Depuis deux ans que je me creuse la tête, ça ne me paraît toujours pas crédible.

— Et que proposez-vous comme explication ?, demanda le procureur.

— Malheureusement, je n'en ai aucune. Sinon, elle ne serait probablement pas dans ce box. Mais je reste persuadé que cette affaire dissimule quelque chose de plus compliqué.

— Des simples supputations... Clairement, vous n'avez rien !, conclut le magistrat.

L'adjudant-chef, soupira de dépit en regardant Danièle. Il avait fait ce qu'il avait pu.

Face à l'accumulation d'éléments concordants et malgré l'absence de corps, le procureur affirma que sa culpabilité ne faisait aucun doute. Le faisceau d'indices était trop fourni et trop cohérent.

— Certes, on n'a pas retrouvé la dépouille de sa victime. Mais celle-ci, déclama-t-il en la montrant d'un doigt accusateur et en marquant une longue pause, celle-ci est suffisamment maligne pour le dissimuler. Le psychiatre vous l'a dit : d'une intelligence supérieure. Et c'est justement ce qui fait sa ligne défense : pas de corps, donc pas d'autopsie, pas de *modus operandi*, pas d'arme, pas d'heure de la mort. Rien. Le crime parfait ! Sauf que sa malheureuse victime n'a plus jamais laissé le moindre signe de vie : son téléphone, sa carte vitale, ses comptes bancaires, restent muets, pour toujours. Si on n'a pas de cadavre, c'est précisément parce qu'elle l'a fait disparaître. Mais on a une prévenue que tout incrimine. Les experts nous disent que la quantité de sang répandu dans la maison est incompatible avec la survie de celui qui l'a versé. Tout ce sang trouvé sur le sol, les meubles, les murs, dans le coffre de sa voiture, sur un sac de chaux qui accélère la décomposition des corps, sur un couteau et jusqu'au T-shirt ensanglanté de l'accusée que vous voyez sur la table des pièces à conviction. Tout ce sang est bien celui de sa victime. Alors non, on n'a pas la dépouille de son conjoint, mais on a tout son sang indispensable à sa vie. On nous dit qu'on n'a pas d'arme. On l'a peut-être, là, sous nos yeux : est-ce ce couteau ? Cette lampe ? Ce bronze ? L'un de ces objets dont le *luminol* vous a montré qu'ils sont maculés d'hémoglobine ? On ne sait pas ; on ne saura jamais, car sans autopsie, il est impossible de l'identifier. En revanche, on a un mobile : une séparation inacceptable, un couple qui se déchire, une pression psychologique qu'elle subit, qui la détruit, qu'elle ne supporte plus. Jusqu'au jour où, peut-être après une dispute, une réflexion particulièrement blessante, un sarcasme de trop, elle le tue. Alors, elle réfléchit et elle imagine dissimuler ce meurtre en disparition. Elle invente donc ce voyage à Paris, elle va à la gare pour que son téléphone puisse attester qu'elle a déposé sa victime au TGV. Or son conjoint n'a jamais pris ce train ! Ensuite, elle va travailler et, pendant la matinée, elle peaufine son petit scénario. Le midi, elle rentre chez elle, charge le corps à l'arrière de sa voiture avec le sac de chaux et part l'enterrer dans l'un des nombreux bois de la région. Mais le cadavre est lourd à déplacer, la terre dure à creuser et ça lui prend du temps, beaucoup de temps. Bien plus qu'elle n'avait prévu. Alors, elle invente cette histoire de répondeur, d'appel à l'aide de sa sœur, de trajet invraisemblable à une heure de route où personne ne l'a aperçue. Et ensuite, elle consacre le reste de la semaine au grand nettoyage de sa maison pour effacer les traces de son crime. Et quand, le vendredi, l'entreprise de son mari lui téléphone, elle ment en prétextant un déplacement imaginaire. Sans doute n'était-elle pas encore venue à bout de cette quantité de sang. Et lorsqu'elle a cru que tout était parfaitement récuré, alors seulement, elle est allée déclarer la disparition. Mais l'hémoglobine, c'est tenace, ça résiste et, avec ses techniques sophistiquées, la police scientifique a révélé le carnage.

« À partir de ce moment-là, la ligne de défense de celle-ci a été simple : face à l'évidence, elle n'a rien fait, elle ne sait rien, ne comprend rien. Le divorce comme mobile ? Elle n'est pas au courant ! Le vidage des comptes ? Elle le découvre ! La chaux ? Elle ignore à quoi ça sert ! Le T-shirt ensanglanté ? Elle ne se l'explique pas !

« Mais devant tous ces éléments, sa ligne de défense ne laisse pas de place au doute. Aussi, je vous demande de la déclarer coupable d'homicide volontaire et de rentrer en voie de condamnation. Pourquoi volontaire ? Parce que s'il s'était agi d'un accident, l'accusée aurait spontanément prévenu les secours, les pompiers, les gendarmes. Elle n'aurait certainement pas essayé de camoufler le drame. Ainsi le caractère criminel est attesté par la dissimulation du corps. En revanche, ne connaissant pas les circonstances du passage à l'acte, je ne retiendrais pas l'intention qui qualifierait un assassinat, le doute devant bénéficier à l'accusée.

« Mesdames et Messieurs les jurés, l'homicide volontaire sans préméditation constitue un meurtre, susceptible d'ouvrir une peine de réclusion criminelle de trente ans.

« Cependant, compte tenu de la violence psychologique que la victime exerçait sur sa compagne, je pense qu'il est légitime de lui accorder des circonstances atténuantes qui justifient une réduction du quantum de moitié, soit quinze ans de détention, dont dix ans de période de sûreté.

Le procureur observa les jurés un à un, puis remercia la présidente de la cour avant de se rasseoir. Danièle était effondrée. Elle était surprise de la sévérité des réquisitions. Pour elle, l'absence de corps devait conduire à une relaxe. Pas de crime sans cadavre, pensait-elle. Mais après la rigueur de la démonstration du procureur, la conclusion lui paraissait logique et la décision du jury inéluctable.

Comme on pouvait s'y attendre, Maître Thorjman fut réduite à plaider le doute.

— Bien sûr que ma cliente ne comprend rien ! Elle est là, devant vous, abasourdie, choquée, dévastée. Sa vie s'est effondrée brutalement. Son conjoint disparaît sans qu'aucun signe ne le laisse présager. Quand elle le déclare et demande de l'aide aux gendarmes pour qu'on le retrouve, elle est immédiatement soupçonnée de son meurtre et incarcérée. Le ciel lui tombe sur la tête. Comme si ça ne suffisait pas, on lui apprend que les prétendus déplacements professionnels de son compagnon n'étaient que des mensonges qui cachaient probablement une double vie, qu'il avait contacté un avocat pour la quitter, que ses comptes avaient été vidés, et on lui fait découvrir une scène digne d'un film d'horreur dans sa propre maison ! Si elle était coupable, tout ça lui paraîtrait logique. Devant vous, elle admettrait et essayerait d'expliquer son geste, ou au contraire, elle s'efforcerait de le minimiser en défendant sa version avec la pugnacité et l'intelligence dont elle est capable. Mais elle ne serait pas effondrée comme vous pouvez la voir. Parce qu'elle est innocente et par conséquent, elle ne peut pas comprendre cet enchaînement d'indices. Que s'est-il réellement passé ? Et par-dessus tout, où est Arnold ? Est-il vraiment décédé ou aurait-il pu organiser soigneusement sa disparition, son changement de vie ? Si ça se trouve, à l'heure qu'il est, cette hypothétique victime déroule une vie paisible à l'autre bout du monde, sous une nouvelle identité.

« Depuis deux ans, malgré tous les efforts déployés, les expertises croisées, les multiples interrogatoires, les pressions exercées, ma cliente n'a jamais changé le moindre détail de sa version des faits. Objectivement, on n'a aucune certitude, et c'est là l'élément central de cette affaire : le corps n'a pas été retrouvé.

« Vous avez entendu, comme moi, le témoignage de l'adjudant-chef qui a reçu l'accusée, qui a participé à l'enquête et rédigé le procès-verbal de flagrance. Un homme de terrain, d'expérience. Eh bien lui, l'existence même de ce crime, il n'y croit pas ! C'est son intime conviction et c'est son droit. C'est aussi le vôtre. Mais en outre, pour vous, Mesdames et Messieurs les jurés, face à un tel doute, relaxer une hypothétique coupable est un devoir. C'est pourquoi, le seul verdict possible est l'acquittement.

« Si malgré tout, pétris de certitudes, vous en veniez à entrer en voie de condamnation, ne connaissant ni les motivations, ni les conditions, ni le déroulement de ce drame, vous ne seriez pas en mesure d'affirmer qu'il y a eu préméditation. En conséquence, vous ne pourriez retenir qu'un délit de violence ayant entraîné la mort sans intention de la donner, punissable, au maximum, de quinze ans de réclusion, à pondérer par les circonstances atténuantes évoquées par le Procureur.

Après un délibéré étonnamment long, Danièle fut condamnée à une peine de dix ans d'emprisonnement, assortie d'une période de sûreté de cinq ans. Cette sentence ne correspondait pas à la gravité des faits s'ils étaient avérés, mais à l'expression d'un doute qui aurait dû se traduire par un acquittement. Le quantum reflétait la difficulté des jurés à établir une conviction consensuelle sur la culpabilité. Cette décision fut justifiée — encore que ce terme soit inapproprié — par les circonstances atténuantes accordées à l'auteure.

À l'énoncé du verdict, le désarroi s'empara de Danièle. Son avocate lui expliqua qu'avec le temps déjà passé en détention et le jeu des remises de peines, elle devrait pouvoir sortir dans moins de trois ans si elle se tenait tranquille en prison.

Elle lui proposa de tenter un recours, mais par crainte d'un jugement plus défavorable, elles renoncèrent à faire appel de cette décision.

10

Danièle fut transférée au quartier de femmes du centre de détention de Joux-la-Ville, un établissement récent encore en bon état. Ça la rapprochait de chez elle, lui avait dit son avocate, mais à quoi bon... Il n'y avait que sa sœur qui venait la voir de temps en temps.

C'est elle qui avait récupéré ses meubles et ses affaires personnelles quand la maison fut vendue par adjudication. Elle n'avait plus rien, plus de domicile, plus d'attache. Le produit de la vente fut en partie destiné à rembourser le crédit immobilier, la moitié du reliquat appartenant au disparu fut mise sous séquestre dans l'attente de son éventuel retour ou des dix ans nécessaires avant qu'il soit légalement considéré comme mort. Il ne lui restait que quelques milliers d'euros qui, espérait-elle, l'aideraient à se réinstaller lors de sa libération.

Après plusieurs semaines, son métier de libraire et un comportement exemplaire lui permirent d'accéder à un emploi à la bibliothèque de la prison. Une activité qui l'aidait à résister à l'ennui et à s'extraire progressivement de son état dépressif. La surveillante qui gérait la médiathèque appréciait son sérieux, son professionnalisme et surtout, son implication dans son travail. Après quelques mois, elle lui proposa de participer aux ateliers d'apprentissage de la lecture pour les femmes qui souhaitaient se former.

Sa détention, vécue comme une extraordinaire injustice, lui permit cependant de reconstruire son ego dévasté par des années sous l'emprise psychologique d'Arnold. Elle progressait petit à petit et commençait à redevenir elle-même : battante, déterminée.

À la prison de Joux, elle sympathisa avec Christine, une codétenue. Leurs histoires se ressemblaient par certains aspects. Victime de violence conjugale, elle avait décidé de se sortir définitivement des griffes de son bourreau en ayant recours à ce qu'elle nommait « l'exercice d'une justice domestique », directe, expéditive, sans avocat et sans détour. Une simple exécution à l'américaine, par électrocution, dans son sous-sol. Sauf qu'il ne s'agissait pas d'une chaise, mais d'un lave-linge *un peu* modifié. Elle en avait pris pour dix-huit ans, ramenés à quinze après recours en appel. Il lui restait encore vingt mois.

Pendant sa détention provisoire Danièle s'était déjà posé de nombreuses questions : sa sœur avait-elle été la complice, voire la maîtresse d'Arnold ? Pas possible ! Que s'était-il réellement passé dans sa propre maison ? Mystère...

Elle parlait souvent de son affaire avec Christine. Les deux femmes réfléchissaient ensemble. Cette codétenue, outre son détachement, avait une approche radicalement différente de celle des enquêteurs : elle partait du postulat que Danièle était innocente et menait par conséquent une réflexion

118

exclusivement à décharge. L'enchaînement fortuit des évènements qui n'avait laissé aucune trace ? Un curieux hasard auquel elle ne croyait pas. Elle n'y voyait qu'une sinistre machination.

— Si on reprend toute l'histoire depuis le début, remarqua-t-elle, il y a quand même de sérieuses zones d'ombre. Des questions qu'on ne s'est peut-être jamais posées.

— Peut-être... Oui, probablement... Tu penses à quoi ?

— Ton mec, tu m'as dit qu'il avait été établi qu'il n'a pas pris le TGV. Alors qu'est-ce qu'il a foutu de sa putain de journée une fois que t'es partie bosser ? Il est allé où ?

— Je ne sais pas... Personne n'a vraiment cherché. Tout le monde s'est concentré sur ce que j'avais fait, moi.

— Réfléchis. S'il n'est pas monté dans ce train, il n'y a pas cinquante solutions : soit il s'est barré seul dieu sait où, soit quelqu'un l'a forcé à le suivre, soit il a rejoint un ou une amie... T'es sûre qu'il n'avait pas de maîtresse.

— Je ne suis plus sûre de rien, tu sais... Mais je crois pas.

— Bon, en supposant que des malfrats l'aient obligé à revenir à la maison sous la menace et qu'ils l'aient buté chez toi... Ils auraient laissé le corps !

— Pas forcément. Ils ont peut-être voulu gagner du temps en évitant qu'il soit découvert trop tôt.

— Tu penses vraiment qu'ils seraient allés refermer gentiment la porte après leur crime ? Non, ça ne tient pas debout ! Verrouiller la maison, ça sert juste à orienter les soupçons sur ceux qui ont les clés, en l'occurrence, toi. Et puis des inconnus n'avaient aucune raison de te piquer tes fringues pour aller les saucer dans le sang d'Arnold avant de les cacher au fond de ton panier à linge... Ce T-shirt ensanglanté, c'est forcément une mise en scène qui vise uniquement à t'incriminer. Et si ce n'est pas toi qui as fermé la maison, c'est obligatoirement lui !

Danièle accusa le coup. Dit comme ça, c'était tellement évident. Il est vrai qu'à partir du moment où les gendarmes l'avaient crue coupable, cette question n'avait jamais été posée.

— Qui pouvait t'en vouloir assez pour te faire un plan aussi vicelard ?, poursuivit Christine.

— Ben, personne...

— Personne ? Donc c'est ton mec ! Seul ou avec une pétasse, c'est forcément lui. T'es vraiment sûre qu'il se tapait pas une pouffe ? Il te racontait des craques, non ?

— Il prétendait partir en déplacements professionnels qui n'ont jamais existé, oui... C'est possible... mais j'y crois pas trop.

— T'es bien naïve ! Tu crois qu'il faisait quoi ton mec pendant ses faux déplacements ? Qu'il attendait sur le quai de la gare en enfilant des perles ?

— Ben non... Tu crois qu'il aurait pu... Il aurait pu avoir des aventures ?

— Eh bien, tu vois, quand on se pose les bonnes questions !

Les gendarmes, guidés par des éléments tellement évidents, ne pouvaient pas retenir une hypothèse aussi tordue. Ils s'étaient tout de suite focalisés sur les explications les plus simples, les plus vraisemblables.

— Autre point, continua Christine : le fameux T-shirt, ils ont dit que tu l'avais porté et qu'il était maculé de sang. Il n'était pas dans le panier à linge depuis des mois ! Tu l'avais mis quand ?

Danièle réfléchit quelques instants.

— Je l'utilisais uniquement pour les soirées de fête. Le samedi précédant le départ d'Arnold, je l'avais au vin d'honneur que le patron avait organisé à l'occasion des trente ans de la boutique.

— Donc le T-shirt a été souillé entre ce dimanche et le lundi de la semaine suivante où tu es allée voir les gendarmes...

— Non... Les dimanches et les lundis, j'étais de repos. Je restais à la maison. Je l'aurais vu. Ça s'est forcément passé après son départ le mardi et avant samedi soir.

— Avec ou sans complice, ton mec est revenu chez toi pendant ces cinq jours et c'est à ce moment-là qu'il a préparé sa petite mise en scène.

— T'as raison... Il a dû venir reprendre son téléphone et il l'a éteint vers midi, puisqu'il a borné le matin. Mais ça n'explique pas tout : comment a-t-il verrouillé la porte derrière lui alors qu'on a retrouvé ses clés sur son bureau.

— Il a pu faire un double... Pour sa maîtresse, peut-être.

— Ça se tient, soupira Danièle, songeuse. Il aurait pu supprimer le message sur le répondeur après que je l'ai lu. Si ça trouve, il se planquait dans la maison quand j'y suis passée...

— Un peu risqué, mais possible.

— Il y a tout de même des trucs qui ne collent pas. Mon téléphone, en supposant qu'il me l'ait piqué le matin, comment il a pu le rallumer à 15h20. Et puis cette histoire d'avocat. Et le pillage de nos comptes...

— Je sais pas trop. Il faut qu'on approfondisse. Il y a forcément une explication.

Jour après jour, depuis le fond de leur cellule, les deux codétenues peaufinaient et complétaient le scénario, trouvant des solutions à l'énigme de chaque élément qui incriminait Danièle. Elles réfléchissaient à voix haute sur la façon dont Arnold aurait pu fabriquer toutes ces fausses preuves. Progressivement, ça prenait forme.

Un soir, Christine fit une supposition à propos du téléphone qui s'était remis en marche mystérieusement.

— Tu sais, si ton mec a dupliqué les clés de ta maison, il a pu faire aussi celles de la Clio.

— Ouais... et ?

— Imagine que, le matin, il t'ait piqué ton portable et qu'il l'ait éteint. Ensuite, il n'avait plus qu'à le rallumer et venir le planquer sous le siège de la voiture pendant que tu bossais. Il savait où tu travaillais, il connaissait tes horaires, le parking sur lequel tu te garais. Il lui suffisait de t'y attendre discrètement.

— Pas bête... Donc, il aurait guetté mon retour à la boutique... L'ordure !

Danièle réfléchissait. Le scénario commençait à prendre de la consistance. Christine venait d'en combler la dernière lacune, le rendant désormais assez solide à ses yeux pour étayer un recours. Aussi demanda-t-elle à contacter son avocate dès le lendemain.

Quelques jours plus tard, elle fut appelée à un parloir dédié où l'attendait Maître Anne Thorjmal. Quand elle eut terminé de raconter sa version des faits permettant d'expliquer les éléments compromettants retenus contre elle, la défenseure lui assura qu'elle allait déposer une requête auprès de la cour de révision et de réexamen.

Malheureusement, le recours fut rejeté par la commission d'instruction qui justifia, qu'indépendamment du scénario quelque peu farfelu exposé par la demanderesse, le dossier n'apportait aucun fait nouveau. En outre, l'argumentation présentée relevait d'une « vérité conçue sur mesure pour réinterpréter le déroulement des évènements et trouver une explication ad hoc à chaque élément de l'enquête ».

11

Danièle était dans la salle d'eau quand son portable avait vibré. Arnold, toujours suspicieux, avait saisi l'appareil et lu le SMS qui s'était affiché.

Enfin les vacances ! Quinze jours aux Baléares Youpi ! Bizz

Lisa.

Il avait réfléchi quelques secondes, s'était assuré que sa compagne était encore sous la douche, puis avait effacé le message.

Lorsqu'elle était sortie, elle lui avait demandé si son téléphone n'avait pas vibré.

— Non. C'était le mien. Je vais m'absenter la semaine prochaine. Un collègue hospitalisé... Je dois le remplacer à des réunions de négociation au siège à Paris. Valérie, tu sais la responsable des grands comptes, elle a besoin d'une expertise technique pour étayer sa proposition commerciale. Ça concerne un marché important, avec un gros client.

Danièle n'avait posé aucune question et s'était abstenue de tout commentaire. Une fois de plus, elle s'était soumise, sans rien dire, de crainte de recevoir une énième remarque désobligeante et de nouveaux sarcasmes.

Le lundi suivant, en sortant de l'usine, Arnold était passé par le centre commercial où il avait fait le plein de la Clio bien que la jauge indiquât un réservoir rempli aux deux tiers.

Le lendemain, ce fameux mardi, juste avant de quitter la maison, il avait laissé son téléphone allumé, connecté à son chargeur sur sa table de nuit.

Ensuite, c'est lui qui avait pris le volant pour se rendre à la gare. Arrivé à la dépose minute, tout s'était passé très vite : Danièle était sortie et avait contourné le véhicule afin de prendre la place du conducteur ; Arnold, profitant de cette brève absence, lui avait dérobé son téléphone dans le sac à main resté sur le siège passager ; quelques secondes plus tard, il avait quitté l'habitacle à son tour, avait récupéré son sac de voyage à l'arrière de la voiture, puis, sans même dire au revoir à sa compagne, il s'était éclipsé par les escaliers du souterrain qui conduit aux quais.

Détail insignifiant de la mesquinerie quotidienne qu'il aimait bien faire subir à Danièle, il n'avait pas pris la peine de refermer le coffre. Auparavant, elle se serait rebellée, ce qui aurait fourni le prétexte à une dispute puérile dont le seul but aurait été, pour Arnold, de lui asséner des *vérités* blessantes. Maintenant, elle ne réagissait même pas. Elle avait compris. Elle était résignée. Lui en était frustré : son jouet ne marchait plus.

Sur le quai, il n'était pas monté dans le TGV. Après avoir éteint le portable de Danièle, il avait gagné la salle d'attente d'où il s'était assuré, à travers la porte vitrée, que la Clio rouge avait quitté le parking. Il avait encore patienté quelques minutes, puis il était reparti à Saint-Remy en empruntant le chemin de halage du Canal de Bourgogne. Une petite heure plus tard, il arrivait chez lui.

Danièle ne pouvait pas revenir avant 12h30, ce qui laissait à Arnold suffisamment de temps pour *travailler*. Il commença par l'essentiel : le message sur le répondeur.

« Ta sœur a essayé de te téléphoner. Elle a besoin de ton aide. Elle n'a pas voulu me dire pourquoi. Un problème de filles sans doute... Comme elle ne parvient pas à te joindre sur ton portable, elle m'a appelé, moi. Mais je n'y arrive pas non plus. Tu dois encore être en train de picoler ou de te faire sauter par ton patron dans l'arrière-boutique... Quand je suis pas là, t'en profite ! T'es vraiment qu'une traînée. Je te laisse ce message à la maison en espérant que tu ne rentreras pas trop tard pour aller voir ta sœur ce soir, en sortant du boulot. Et bouge-toi le cul ; ça a l'air urgent. »

Puis, il retira le disque dur de son ordinateur qui contenait une partie de son existence et le remplaça par celui qu'il préparait depuis plusieurs semaines dans le seul but d'inventer une autre vie, celle d'un personnage foncièrement différent qui travaillait avec son avocat sur le dossier d'une séparation de biens en prévision d'une rupture de PACS. Il y évoquait les violences psychologiques dont il se prétendait victime, les pressions, le harcèlement... Selon ses dires, sa conjointe, mue par une jalousie pathologique, lui menait une vie impossible. Il se sentait de plus en plus menacé et, dans les dernières pages, il expliquait craindre pour sa vie. Il avait effectivement contacté un certain maître Durieux à cet effet, et avait même eu deux rendez-vous à son cabinet où il avait joué ce mauvais film.

Quand il eut terminé, il prit son téléphone, sortit de la maison et partit se cacher dans la cabane à outil au fond du jardin. Depuis ce poste d'observation qui surplombait la route, il guetta la Clio rouge.

Peu après midi et demi, il la vit arriver. Il regarda Danièle en descendre. Lorsqu'il entendit la porte d'entrée se refermer, il éteignit son téléphone et le fracassa avec une petite houe trouvée sur place avant de le camoufler grossièrement dans le bac à déchets végétaux. Peut-être qu'un enquêteur le découvrirait. Ça ferait une preuve supplémentaire…

Il attendit que sa compagne fût repartie pour retourner à la maison où il gagna aussitôt la salle de bains. Il ne devait plus perdre de temps. Il noua la ceinture de son peignoir autour de son bras gauche et enfonça, dans une veine turgescente du creux de son coude, le trocart qu'il avait dérobé lors de son dernier don de sang. Il dénoua le garrot et recueillit le précieux liquide au fond d'un bol. Quand il estima le volume suffisant, il retira l'aiguille et s'appliqua une compresse. Il en préleva d'abord un centilitre avec une seringue qu'il conserva, puis versa la moitié du récipient dans une grande bouteille à laquelle il ajouta de l'eau tiède et quelques gouttes d'un détergent pour sol. Il observait cet étrange cocktail se colorer et le dilua encore un peu afin de l'éclaircir. Il ne fallait pas qu'une teinte trop prononcée éveille l'attention. Quand sa mixture fut prête, il trouva un T-shirt de Danièle dans la pile de linge sale et essuya soigneusement le bol avant d'enfouir le vêtement au fond du panier.

Puis il descendit au rez-de-chaussée, répandit le liquide rosâtre sur le carrelage du séjour et de la cuisine et l'étala grossièrement de manière à laisser des traces, nombreuses, mais discrètes. Il macula aussi quelques meubles : le coin de la table du salon, le bord de l'évier, le dossier d'une chaise et poussa le détail jusqu'à simuler des projections sur les murs à l'aide d'un pinceau à pâtisserie. Il n'oublia pas de tremper un couteau d'office qu'il abandonna sur la paillasse. Le fond de la bouteille servit à mouiller une serpillière qu'il promena négligemment sur le sol du couloir en direction du garage. Après avoir laissé le temps au liquide rosâtre de bien imbiber les surfaces, il essuya le tout avec un chiffon sec pour que ces traces ne soient plus visibles, bien que toujours détectables… L'hémoglobine ainsi diluée allait simuler un important volume de sang qu'on aurait lavé, alors que lui s'était contenté de l'étaler. Au garage, il secoua le pinceau sur un sac de chaux au trois-quarts vide, projetant des gouttelettes minuscules, mais qui n'échapperaient certainement pas aux enquêteurs. Le résultat était bluffant. Il pensa même à prélever un peu de cette poudre qu'il glissa dans une enveloppe. Satisfait, il plaça passeport, cartes de crédit, chéquier et tous ses papiers au fond d'un tiroir de son bureau sur lequel il déposa ses clés.

Avant de partir, il monta récupérer une poignée de cheveux sur la brosse de Danièle qu'il emporta avec la bouteille, le pinceau et la seringue dans son sac de voyage.

Puis, après avoir ouvert le portail électrique du garage, il déclencha sa fermeture et sortit en se glissant par-dessous pendant que le volet métallique descendait.

Il ne lui restait plus qu'à retourner à Montbard par le chemin de halage. Au centre-ville, il s'installa à une table près d'une fenêtre de la salle du café qui faisait l'angle des rues Carnot et Piot. Depuis sa place, il pouvait observer le parking du marché et l'entrée de la rue par laquelle Danièle allait rejoindre la librairie. Il savait où elle avait l'habitude de se garer. Il guetta son arrivée. Il était un peu plus de 15h quand il l'aperçut monter la rue presque en courant. Il lui laissa le temps d'atteindre la boutique, régla ses consommations et quitta l'établissement. Sur le parking, il repéra facilement la Clio. Avec le double des clés qu'il avait fait reproduire à cette fin, il en ouvrit le hayon, posa son sac duquel il sortit tout le matériel récupéré pour fabriquer les indices compromettants : l'enveloppe de chaux dont il saupoudra le fond du coffre, les cheveux de Danièle qu'il dispersa et qu'il arrosa de deux ou trois giclées de sang projetées avec la seringue. Le rendu était parfait. L'opération avait duré à peine plus d'une minute.

Avant de repartir, il ralluma le téléphone de Danièle qu'il glissa sous le siège passager. Il l'appellerait juste après la fermeture de la librairie. À ce moment-là, il serait loin.

130

Satisfait, il verrouilla la voiture et se dirigea vers la gare. Le timing est parfait. Il n'avait plus qu'un gros quart d'heure à attendre avant le TER de 15h50 pour Lyon.

C'est ainsi, qu'Arnold avait décidé de disparaître. Il aurait pu faire sa valise et partir, tout simplement. Ou assassiner sa compagne comme tant d'autres monstres. Non, lui, il souhaitait aller au-delà, ne pas se contenter de la tuer. Lui, il voulait la détruire. Tel un enfant capricieux, il ressentait le besoin de casser son jouet qui ne fonctionnait plus, qui ne se rebellait plus, qui n'était plus amusant et dont il s'était lassé. Alors, il avait imaginé de simuler, pas une disparition, pas même un simple homicide, mais un véritable meurtre prémédité que la justice qualifierait d'assassinat sur conjoint, susceptible d'ouvrir une peine de perpétuité avec période de sûreté maximale.

— Adieu ma belle, dit-il à voix basse quand le train s'ébranla. Va pourrir dans ta geôle !

12

À la lecture du rendu de décision de la commission de révision, l'avocate, déçue, ne baissa pas les bras. Désormais convaincue de l'innocence de sa cliente, elle se souvint du témoignage de l'adjudant-chef Lassigny, lors du procès et décida de le contacter. Il s'agissait de lui présenter les explications imaginées par Danièle pour lui faire évaluer leur crédibilité. Elle espérait ainsi que, si cet enquêteur — un professionnel expérimenté — trouvait ce scénario plausible, il pourrait relancer des investigations.

Bien que ce dernier accueillît cette proposition avec enthousiasme, il se heurta à un refus ferme de son jeune lieutenant, devenu capitaine.

— Il n'y a pas de temps à perdre sur une affaire qui a été jugée. D'autant que les preuves étaient claires et les faisceaux d'indices conduisaient à l'évidence de sa culpabilité. Et puis tu m'imagines aller dire au procureur qu'on a bâclé l'enquête ce qui l'a conduit à mettre une innocente en prison ?

— Pour moi, ce serait toujours mieux que de savoir que c'est la réalité et qu'on n'a pas essayé de corriger notre erreur.

— Pour toi, peut-être, mais pas pour nos carrières ! Fin de l'histoire.

Lassigny était scandalisé par une telle réponse. Furieux, il dut pourtant se plier à cette décision ; c'était un ordre. Et après plus de trente ans de service exemplaire dans la gendarmerie, il n'était pas prêt à désobéir à ses supérieurs.

Il décida cependant de mener sa propre enquête sur son temps personnel. Il commença par éplucher tout le dossier, en gardant en tête l'hypothèse soumise par Danièle. Ça se tenait. Il restait néanmoins des zones d'ombre à éclaircir avec elle.

Ne pouvant la contacter directement, il devait passer par l'intermédiaire de son avocate, ce qui prenait beaucoup de temps.

Parallèlement, il lança des recherches tous azimuts. Parce que si c'était Arnold qui avait monté cette opération abjecte, il fallait bien qu'il se cache quelque part. Probablement sous une autre identité, ce qui n'allait pas faciliter la tâche. Il y consacrait toutes ses heures de loisir, passant ses soirées sur internet, éclusant services spécialisés, forum, *blog*. Facebook n'existait pas encore, mais déjà des sites *web* proposaient des rencontres en ligne et les moteurs de recherche offraient des outils de plus en plus performants. Google venait d'acheter Picasa, première brique permettant de partager et d'explorer des bibliothèques d'images.

Danièle échangeait de temps en temps avec l'adjudant-chef Lassigny par l'intermédiaire de son avocate. Il la tenait informée des avancées de son enquête, lui demandait parfois des précisions. Malheureusement, en dépit de ses efforts, il n'avait pas grand-chose de concret à lui apporter. Mais Danièle, appréciait ces échanges. Ils montraient qu'elle n'était pas abandonnée de tous au fond de sa prison. Dehors, quelqu'un croyait encore en elle et se démenait pour l'aider. C'était un soutien précieux.

La vente de la maison de Danièle donna à l'adjudant-chef l'occasion de retourner visiter les lieux officieusement. Attentif et rigoureux, il eut la curiosité de pousser ses investigations jusqu'à la cabane à outils que tout le monde avait négligée, au fond du jardin. Furetant entre râteau, binette et autres pelles, son regard s'arrêta sur des formes trop régulières qui lui parurent insolites dans un bac à compost. Il gratta les herbes mortes et les toiles d'araignées et dégagea un téléphone brisé. Pour un acquéreur potentiel, ce n'aurait été qu'un déchet de plus à évacuer, mais lui y voyait un indice et même un espoir.

Dès le lendemain, il passa chez un collègue de l'IRCGN.

— Salut, c'est Michel. Dis-moi Paulo, tu pourrais me rendre un service personnel ?

— Tu sais bien que je peux rien te refuser. C'est quoi ton souci ?

Lassigny déposa le téléphone cassé sur son bureau.

— Non, mon vieux ! Dans l'état où il est, il n'est pas réparable. En plus, ça vaut pas le coup ; c'est une antiquité ton machin…

— Non, il ne s'agit pas de ça. Je voudrais récupérer les données de la mémoire ou de la carte SIM.

— Avec un peu de chance, ça doit pouvoir se faire. Je vais regarder... Tu as un numéro d'affaire ?

— Non, c'est pour ça que je fais appel à toi. C'est... disons une enquête *perso*.

— Ah, je vois... T'as des doutes sur ta gonzesse et tu lui as pété son portable ?

— Non, depuis la mort de Pauline, je n'ai pas de conquête...

— Tu devrais ! Bon, j'examine ce que je peux tirer des résidus du téléphone et je te transmets les données par le réseau. Enfin, si je trouve quelque chose...

— Merci, vieux.

L'après-midi même, lorsqu'il reçut un message lui disant qu'un fichier *zip* l'attendait sur le serveur, il se fendit d'un coup de fil.

— Paulo ? T'es un magicien ! Rappelle-moi que je te dois un resto.

— Vendu ! Je réserve au Marronnier.

— Le Marronnier ou la Mirabelle, si tu veux !

Michel Lassigny passa des nuits à explorer les données contenues dans le dossier *zip*. Il trouva des numéros de téléphone, des textos, quelques photos et, plus intéressant, une adresse de messagerie avec des mails qui n'étaient pas sur le disque dur de l'ordinateur d'Arnold. Rien de compromettant, mais tout de même de quoi se forger la certitude que celui-ci menait une double vie soigneusement dissimulée. Restait à en découvrir la nature. Il en fit part à Maître Thorjman qui, bien que ravie, estima qu'il fallait approfondir les recherches avant de tenter une action en justice. Le refus de sa récente requête en révision l'avait sans doute incitée à davantage de retenue.

À cette époque, on ne parlait pas encore de réseaux sociaux : *Facebook* était dans les cartons ; *Twitter* n'avait pas créé sa *novlang* dont l'expression d'une pensée se limite à cent quarante caractères ; *TikTok* n'avait pas réduit l'internaute à un illettré lobotomisé qu'il faut abreuver de vidéos pour saturer sa charge mentale. Il y avait déjà néanmoins des services de communication en groupe et les premiers sites de rencontres : forums, blogs, ainsi que les prémices des réseaux sociaux tels qu'*ICQ*, *mIRC*, *NetMetting* ou *MSN*. Sur les téléphones, les SMS étaient à peu près tout ce que pouvait supporter la 3G. L'adjudant-chef eut vite fait le tour des outils à exploiter. Il découvrit néanmoins de nombreux échanges par texto avec des correspondants très variés. Mais, plus intéressant encore, il nota que, dans un jeu de séduction épistolaire, Arnold transmettait régulièrement son adresse mail à des pseudonymes féminins, ainsi que les coordonnées de plusieurs forums accompagnées du nom de son avatar.

Cette fois, il tenait enfin l'amorce de nombreuses pistes. Bien sûr, il n'avait pas le PC du disparu contenant le disque dur qui conservait l'historique de navigation et les liens, mais grâce aux noms des profils trouvés, il pouvait remonter aux différents fournisseurs de services. Il espérait même prendre contact avec Arnold via un de ses alias. Parmi les sites qu'il fréquentait assidûment, il releva de nombreux portails de rencontre en ligne, des forums « *amour, couple, relations* » qui laissaient transparaître la réelle personnalité du jeune homme. Accessoirement, il découvrit ses deux passions principales, en dehors de ses frasques libertines : la moto et les bandes dessinées.

Il s'inscrivit alors sur tous les sites et outils de communication que fréquentait Arnold, notamment *ICQ* et MSN. Il passait des heures à scruter les listes de personnes connectées. Il remonta les files de discussions sur plusieurs années. Long travail de fourmi, sans certitude d'obtenir de résultats, mais il était déterminé.

Et ça finit par payer. Il retrouva d'abord un des pseudonymes d'Arnold dans les anciens messages d'un forum sur les couples : *barjolicoeur*. De là, il put accéder à tous les *posts* qu'il avait publiés. S'il recueillit de nombreux renseignements sur son passé, ça ne disait rien sur ce qu'il était devenu. Prudence de sa part ou preuve de sa réelle fin de vie, il ne trouva aucune activité ni aucune conversation liée à ses pseudonymes après la date de sa disparition.

En revanche, sur un forum de passionnés de motos, il continuait à signer des commentaires et quelques articles techniques très appréciés des internautes. Sans doute n'avait-il pas voulu abandonner la notoriété de son avatar. Arnold était anonyme, mais sur ce site, il restait le célèbre *Nicobiker*. Ça devait trop lui coûter d'y renoncer. Il imaginait peut-être aussi, qu'après la disparition de son ancien disque dur, l'enquête n'irait pas jusqu'à fouiller sur un site de *bikers* et trouver ce pseudo.

Même si cette information ne permettait pas de savoir où il était, ce qu'il faisait, ni sous quelle identité il se cachait, l'adjudant-chef avait désormais la quasi-certitude qu'il était bien vivant, donc que Danièle était innocente.

— N'importe qui pourrait continuer à écrire en utilisant cet alias remarqua Maître Thorjman. Moi, ça me convainc, mais devant un juge, l'argument ne tiendra pas. En tout cas, ça prouve que vous êtes sur la bonne voie.

Passé la déception, Lassigny se remit au travail. Il découvrit que ce *Nicobiker* était l'heureux détenteur d'une Yamaha R6, une machine de 600 cm³ hypersportive. Après renseignement, il ne s'en était vendu que cent- soixante-cinq en France. Via les registres d'immatriculation, il put ainsi constituer enfin une liste de près de cent cinquante propriétaires. Un vrai progrès dont il informa Danièle. Sur le forum de *bikers,* il tenta alors de poser des questions techniques sur ce modèle pour essayer d'accrocher ce *Nicobiker* et obtenir une invitation à poursuivre la discussion en message privé. Mais ses réponses furent très laconiques et toujours publiques. C'était frustrant : savoir qu'on *tchate* avec sa cible et qu'elle se cache derrière l'anonymat de son avatar... D'autant que, menant une enquête officieuse, il ne disposait pas des moyens d'approfondir ses investigations. Il avait l'impression d'être coincé dans une sorte d'impasse judiciaire.

Un jour, il eut l'idée de creuser du côté des anciennes relations d'Arnold, alias *barjolicoeur*, sur les forums féminins et les sites de rencontres. Il dressa une liste de ses contacts à partir de laquelle, il fouilla l'historique de leurs publications. Il cherchait si de nouveaux profils s'étaient manifestés au moment de la disparition d'Arnold en espérant que certains de ses interlocuteurs aient maintenu une correspondance sous un autre nom... Quelques dizaines d'avatars inédits étaient apparus à cette période. En approfondissant ses recherches, Lassigny réussit, par recoupements, à en réduire la liste jusqu'à cerner un unique pseudonyme qui se trouvait chez ses anciennes relations. Celui-ci, qui signait désormais *roland69*, était probablement Arnold. L'anagramme, qui lui sauta aux yeux, le conforta dans son hypothèse. Il le tenait ! Du moins, virtuellement.

Mais pour ne pas se heurter une nouvelle fois aux réticences de l'avocate, le militaire se mit en tête d'obtenir la preuve indiscutable que *barjolicoeur* et *roland69* étaient deux pseudonymes différents derrière lesquels se cachait le même Arnold. C'est ainsi qu'il participa aux conversations du petit groupe qui gravitait régulièrement autour de ce *roland69* : *bovaryjolie*, *spicybrunette* et quelques autres. L'adjudant-chef s'était inscrit sous le doux nom de *tit'fleur32*. Il lut attentivement leur prose, étudia le style des écrits et les sujets de prédilection avant de rédiger ses premiers commentaires bienveillants afin de s'intégrer progressivement à ce cercle d'amis virtuels. Pour ne pas éveiller les soupçons d'Arnold, il ne réagissait qu'aux publications des autres profils.

Après quelques soirées de dialogues au cours desquelles il s'était approprié le personnage de *tit'fleur32*, il posta un message plus long dans lequel il partageait *son* histoire, celle d'une jeune femme qui venait de découvrir les multiples infidélités de son fiancé qu'elle devait épouser prochainement. Les réactions de compassion furent nombreuses. La solidarité féminine rivalisait de sympathie mièvre avec la sollicitude feinte de pseudonymes masculins dont les intentions réelles n'étaient pas toujours dénuées d'intérêt. C'est précisément parmi ceux-là que Lassigny pensait débusquer Arnold.

Il répondit patiemment à tous, dévoilant l'image d'une jeune femme blessée, sincère et sans doute un peu fragile. La cible idéale d'un prédateur. Dès le lendemain, *roland69* se manifesta. Une conversation s'établit entre ces deux avatars, instaurant petit à petit une relation de confiance, jusqu'à ce qu'Arnold proposât un échange en message privé. L'adjudant-chef reçu cette invitation comme une nouvelle étape de son enquête, ce qui était très encourageant. Il aurait préféré qu'un autre membre du groupe fasse référence à *barjolicoeur*, mais il accepta de rentrer dans le jeu d'une relation épistolaire avec celui qui était désormais un suspect à ses yeux.

Il lui décrivit alors la mésaventure sentimentale de cette jeune femme imaginaire : son idylle passionnée, tout ce qu'elle avait toléré de son ex, ce qu'il lui avait promis. Les bons souvenirs des débuts aussi : leur rencontre insolite, les premiers émois, les vacances entre *bikers*...

« *C'était un motard ?*,demanda barjolicoeur.

— *Non, c'est moi qui faisais de la moto. Lui, il s'y est mis après. Pourquoi, t'es amateur ?*

— *Pas amateur. Chui un grand passionné !*

— *Ah, et t'as quoi comme bécane ?*

— *Un 600 R6. Moi, j'ai toujours été Yamaha. Et toi ?*

— *À cette époque, j'avais une Suzuki GSX-R400R.* »

Lassigny exulta. Arnold alias *roland69* était accroché ! Il poursuivit. Il fallait le titiller par son amour-propre.

« *Une Yam 600R6... Ouais... Bof. Je voulais m'en acheter une, mais j'avais pas assez de tune. Et après, des potes m'ont dit que c'était cher pour ce que c'était. Il paraît que les moulins avaient des défauts de conception. Il y avait des trous dans les tours, ce genre de trucs... Du coup, je me suis rabattue sur la GSX-R750 et j'ai laissé la 400 à mon ex. Ce salaud, il s'est tiré avec !*

— *C'est n'importe quoi ! La 600 R6, n'a jamais eu de problème ! On t'a pipeauté !*

— *Ben, je crois pas ; c'est un pote qui en avait une. Un mécano en plus.*

— *J't'assure, c'est des craques ! Je peux te le dire. Je connais très bien ces machines.*

— *T'es mécanicien ?*

— *Un peu... Je me défends. Je suis surtout ZE spécialiste de la 600R6.*

— *R6-ologue ? MDR !* »

La réponse se fit attendre. L'enquêteur craignit un instant d'avoir perdu son interlocuteur. Mais après quelques minutes, il reçut un court message contenant un lien vers un blog.

— *http://www.bikers.fr/   Nicobiker, c'est moi !*

« Bingo ! Cette fois, je te tiens mon salopard ! », jubila l'adjudant-chef.

Il interrompit la conversation, prétextant que *tit'fleur32* devait se lever tôt en lâchant une vague promesse d'un très prochain *tchat* et, pourquoi pas, de faire un tour sur sa 600R6.

~ ~ ~

Dès le lendemain, il informa Maître Anne Thorjmal de sa découverte. Il lui envoya une copie du fil de discussions qu'il venait d'avoir avec celui qui avouait être *nicobiker*, le pseudo trouvé dans le téléphone d'Arnold.

— Évidemment, je ne sais toujours pas où il est, ni sous quelle identité il se cache... Mais cette fois, on a la preuve qu'il est vivant ce qui disculpe Danièle. On va pouvoir la sortir !

— Merci Michel, vous avez fait du bon boulot, même si on n'est pas encore au bout de nos peines.

— Comment ça ? On démontre son innocence ; ils doivent la libérer !

— Bien sûr, elle le sera ! C'est une question de délai. Vous connaissez le fonctionnement de la justice, il y a des procédures à suivre, une enquête à instruire — officielle cette fois. On va devoir travailler ensemble. Dès demain, je dépose une requête à la cour de révision. Ça prend toujours du temps alors en attendant, je vais demander un relèvement de période de sûreté auprès du JAP[12], au titre de l'art 270-4 du Code de procédure pénale. Ça ne mettra pas fin à sa détention, mais ça devrait lui donner accès à un aménagement de peine et c'est beaucoup plus rapide.

— C'est tout ce qu'on peut faire face à une erreur judiciaire ?

— Cette erreur, il faut qu'elle soit constatée par la cour de révision et de réexamen. En attendant, on va déjà la soutenir en lui transmettant la bonne nouvelle.

~ ~ ~

Même quand l'horizon s'éclaircit, la vie ne devient pas limpide instantanément.

Ainsi, à peine Maître Thorjman eut-elle déposé ses deux recours au greffe du tribunal de Dijon, le capitaine Suisko reçut l'information de sa hiérarchie par un fax sibyllin. Il en

---

[12] Acronyme pour Juge d'Application des Peine dans le jargon juridique.

décrypta l'essentiel : la commission d'instruction demandait d'ouvrir une enquête complémentaire sur l'affaire de la "disparition d'Arnold". Il nota cependant qu'il n'était pas noté "homicide" mais bien "disparition". Il était furieux. Se doutant que son adjoint pouvait être mêlé à ce rebondissement, il le convoqua aussitôt dans son bureau.

— Michel, regarde ce qui vient de tomber, lui dit-il en lui tendant le fax.

Devant l'air épanoui de Lassigny, il alla droit au but.

— Tu n'as rien à me dire ?

— Ben... c'est une bonne nouvelle, non ?

— C'est tout ? Ce ne serait pas toi qui serais allé fourrer ton groin là-dedans ?

— Si tu entends par là que j'ai contribué à corriger cette erreur judiciaire, effectivement, j'assume.

Le capitaine assena un grand coup de poing sur le plateau de son bureau, ce qui fit vaciller son écran.

— Je t'avais pourtant interdit de rouvrir ce dossier ! C'était un ordre !

— Je n'ai à aucun moment désobéi pendant mon service. Maintenant, c'est vrai que sur mon temps libre, j'ai cherché à comprendre ce qui clochait dans cette affaire, ce qu'on n'avait pas vu, pas compris. Je te l'avais dit, j'y croyais pas. J'avais l'impression qu'un truc nous échappait et qu'on avait envoyé une innocente en taule.

— Espèce de traître ! C'est moi qui t'ai proposé au grade d'adjudant-chef et en remerciement, tu me plantes un couteau dans le dos. Sale ordure !

— Désolé Olivier, je t'avais dit en toute franchise que je n'étais pas capable de supporter l'idée qu'elle soit condamnée injustement. Je m'en sentais responsable. J'ai été contacté par Maître Anne Thorjmal, son avocate. Elle m'a apporté des éléments qui m'ont convaincu de notre erreur. J'en dormais plus. Alors, j'ai creusé.

Le capitaine ne disait rien. Il réfléchissait. En dépit de sa colère, il était bien obligé d'admettre ses torts. Il était coincé, mais il n'était pas encore prêt à le reconnaître.

— Allez, dégage de ce bureau !

Lassigny sortit sans un mot.

Le lendemain, Suisko lui apprit qu'il avait contacté le colonel. Il lui avait remis son rapport sur cette affaire et avait sollicité officiellement un changement d'affectation.

— C'est pas une sanction au moins ?, s'enquit Michel. C'était pas le but, tu sais.

— Non, t'inquiète pas. C'est moi qui ai demandé. J'ai beaucoup réfléchi depuis hier. Tu avais raison. Maintenant, j'aurais du mal à supporter le regard du procureur, de l'avocate et surtout de cette pauvre détenue. Il vaut mieux que je change de coin. Et même vis-à-vis de toi... T'avoir interdit de reprendre l'enquête... Je t'assure que j'en suis pas fier.

— T'en fais pas. Tout le monde peut se tromper. Objectivement, les éléments qu'on avait conduisaient logiquement à cette version des faits. D'ailleurs, au tribunal trois juges et neuf jurés sont arrivés à la même conclusion.

— Ouais... Je ne sais pas si un remplaçant sera nommé pour prendre mon poste ou s'ils te feront monter. En attendant, ils te confient le commandement de la brigade, au moins à titre provisoire.

Durant les semaines qui suivirent, Michel Lassigny et Anne Thorjmal travaillèrent en étroite collaboration. L'adjudant-chef enquêtait, officiellement cette fois, ce qui lui permit d'accéder à des données autrefois impossibles à obtenir. Ainsi, il put consulter les coordonnées complètes de tous les possesseurs de la fameuse 600R6 et faire le lien avec l'état civil, les adresses et les photos d'identité. Malheureusement, il ne trouva personne qui ressemblât à Arnold. Il devait l'avoir enregistré à l'étranger. Ça allait prendre plus de temps.

Grâce à l'avocate, il obtint également les commissions rogatoires pour requérir les informations d'identification auprès des hébergeurs de forum et des sites de rencontre. L'enquête judiciaire avançait. Petit à petit, il apprit qu'Arnold s'était installé en Belgique et trouva sa nouvelle adresse mail... Mais le fugitif était prudent : il parvenait à ne pas laisser de trace de son téléphone, ce qui privait les détectives des mises sur écoute et des données de géolocalisation. La traque risquait d'être longue.

De son côté, Maître Thorjmal obtint très rapidement une audience auprès du JAP. Celui-ci, au vu du comportement exemplaire de la détenue et surtout de la nouvelle tournure judiciaire de l'affaire, accepta sans hésiter la demande de relèvement de période de sûreté et confia aussitôt le dossier au SPIP[13].

Il restait normalement moins de dix-huit mois d'incarcération à Danièle par le jeu des remises de peine. Le conseiller pénitentiaire d'insertion lui proposa, dans l'attente de procès en révision, une mesure alternative à l'emprisonnement, sous contrôle judiciaire.

C'est ainsi que par le biais d'une structure associative d'aide à la réinsertion, elle participa à l'un des premiers chantiers de préservation du château de Rochefort.

---

[13] SPIP : Service Pénitentiaire d'Insertion et de Probation, qui a pour mission, entre autres, de favoriser la réinsertion des détenus.

TROISIÈME PARTIE

13

Arnold descendit du train à Collonges-au-Mont-d'Or, dernière station avant Lyon. Certes, il lui restait encore quelques kilomètres à parcourir, mais il préférait éviter Perrache avec toutes ses caméras de vidéosurveillance.

Sortant de la gare, il continua à pied en suivant les berges de la Saône jusqu'au quartier de la Croix Rousse. Ayant l'intention de se noyer dans l'anonymat de cette grande ville, il trouva une modeste chambre à louer chez l'habitant.

Après quelques jours, il n'était pas tranquille. Il craignait de se faire démasquer à chaque fois qu'il croisait la police. Il restait sur ses gardes en permanence. Non qu'il se sentît coupable, mais par peur d'être repéré lors d'un simple contrôle d'identité. Être retrouvé dans le cadre d'une recherche dans l'intérêt des familles ruinerait tous ses efforts pour incriminer Danièle et sa mise en scène scabreuse pourrait lui valoir en retour quelques tracas avec la Justice. Son inquiétude croissante le convainquit, dès la semaine suivante, de quitter le pays quelque temps.

Un matin, il prit le métro puis le bus jusqu'à Saint-Priest. À la descente du 2E, il rejoignit l'aire de repos de l'Autoroute alpine. Il parcourut la longue file de semi-remorques alignés derrière la station-service, en scrutant les immatriculations. Lorsqu'un routier quittait la cabine d'un camion italien ou s'apprêtait à en reprendre le volant, il lui demandait s'il allait vers Modane. Quand Ronaldo arrêta son trente-huit tonnes, il avait déjà près de trois heures de conduite au compteur depuis Clermont-Ferrand. Il lui en restait encore davantage pour arriver à destination. Avant d'attaquer la suite de son trajet, il avait besoin d'un grand café et d'un peu de repos. À moins que ce ne fût l'inverse. Lorsqu'Arnold lui posa sa question, la réponse ne se fit pas attendre.

— Si tu me payes un double expresso, je peux t'amener jusqu'à Turin si tu veux !

— Super ! Pour une telle proposition, je t'offre aussi, le jus d'orange et les viennoiseries ! Et je t'invite ce midi.

Une aubaine ! Arnold n'en espérait pas tant. Une demi-heure plus tard, les deux hommes reprenaient l'autoroute.

À la mi-journée, c'est avec plaisir qu'il paya le restaurant routier dans la première localité après le tunnel de Modane. Passé le stress de la frontière, il se sentait soulagé, libre.

En début de soirée, ils atteignirent la banlieue turinoise.

— T'as un point de chute en ville ?

— Pas vraiment. En fait, je voudrais visiter la Toscane.

— T'as raison mon pote. C'est une belle région, surtout en cette saison : la température est supportable et les touristes n'ont pas encore envahi la côte. Si tu veux, je te laisse à mon dépôt. Demain, on trouvera bien un collègue qui descend vers Rome.

— C'est vrai que toutes les routes y mènent, plaisanta Arnold.

Le lendemain, c'est Reinhold qui le prit à son bord. Venant de Karlsruhe, il avait fait sa première livraison la veille à Genève : huit lourdes palettes de conserves industrielles. Il acheminait les douze restantes près de Naples.

Reinhold n'était pas bavard. Sur les quatre heures et demie de route entre Turin et Livourne, il n'avait pas lâché plus de trois mots, juste pour prévenir qu'il devait respecter sa pause légale à Gênes. Après deux cents kilomètres à longer la mer sans l'apercevoir autrement que sur le schéma affiché par le GPS, Arnold fut pris d'une furieuse envie de faire escale sur la côte à la sortie de Livourne. Dès qu'il aperçut la mer, il demanda au routier de le déposer près de Calafuria.

Conquis par la beauté de ce littoral, de ses baies turquoise, de ses plages et à la vue des infrastructures touristiques, Arnold pensa que ce serait un lieu parfait où profiter de son statut d'homme libre et indépendant. Il opta pour un hôtel quatre étoiles ayant son accès privé à une petite crique et un magnifique restaurant panoramique qui dominait la baie. Il exigea une chambre avec vue sur mer. Sa nouvelle vie lui sembla d'une saveur exquise.

Il passa deux semaines entre farniente, plage, repas gastronomiques et soirées bien arrosées en night-club d'où il rentrait à l'aube, généralement en charmante compagnie. Une vie qui surpassait tous ses rêves. Mais le rêve a un prix. Son pactole, les économies de Danièle prélevées sur ses livrets et placés dans une banque suisse plusieurs semaines avant sa disparition, fondait vite, très vite. Trop vite. Il s'aperçut qu'en seulement quinze jours, il en avait vidé le tiers. Il fallait réduire la voilure.

Mi-juin, il changea d'hôtel pour un établissement plus modeste, se contenta d'un restaurant ordinaire le midi où il prenait son seul repas de la journée. Le reste du temps, il mangeait liquide. Car il n'avait pas renoncé à ses folles nuits copieusement arrosées.

Mais l'argent filait encore trop vite. D'autant qu'au début des congés estivaux, le nombre de touristes augmenta et les prix suivirent. L'arrivée de juillettistes, s'accompagnait d'un rajeunissement de la clientèle des *night-clubs*, ce qui n'était pas pour lui déplaire. Les jeunes femmes envahissaient les pistes de danse, se laissaient volontiers offrir quelques consommations. Le contact était facile, l'ambiance festive. Désinhibées, elles regagnaient leur camping au petit matin. Une aubaine.

Arnold eut alors l'idée de louer un bungalow dans un de ces villages de vacances. C'était moins cher et au cœur de son terrain de chasse. Il se nourrissait au snack, bénéficiait des tarifs du bar ajustés à une clientèle plutôt modeste, commençait son jeu de séduction autour de la piscine et se contentait même parfois des veillées dansantes du centre, pour peu qu'il ait réussi à ramener une jeune femme à son *mobil-home* avant la fin de soirée. Il en profita et en abusa toute la saison. Certainement le plus bel été de sa vie. Fin août, l'état de ses comptes le contraignit à troquer son bungalow contre une tente.

Mi-septembre, son train de vie dément l'avait rattrapé. Il lui restait à peine l'équivalent d'un trimestre de son ancien salaire. Il dut se rendre à l'évidence : il devait travailler.

Quelques petits boulots dans les restaurants et campings alentours lui permirent de prolonger l'illusion de cette vie paradisiaque. Mais à la fin du mois, la station touristique retrouva sa léthargie hivernale. La fête était finie. Il reprenait contact avec la réalité. Atterrissage pénible.

Lorsqu'il tenta de trouver un emploi stable en ville, à Livourne, il comprit que sans maîtriser l'italien, ce serait trop compliqué. Il fallait chercher un travail en contournant la barrière de la langue, tout en évitant le territoire français. Il écarta la Suisse en raison des formalités plus pointilleuses qu'au sein de l'espace Schengen. C'est donc vers la Belgique qu'il se résolut à migrer.

Début octobre, il entama un long périple qui, par peur de traverser la France, le conduisit à Bruxelles en passant par Innsbruck, Munich, Stuttgart et Luxembourg. Ce voyage dura trois jours au cours desquels il n'emprunta pas moins de six camions différents.

Arrivé dans la capitale belge, changement d'ambiance : elle était loin la Toscane !

Il rencontra les pires difficultés pour se loger. Les hôtels, y compris *low-cost*, demandaient sa carte d'identité qu'il rechignait à montrer et les centres d'accueil d'urgence posaient tout un tas de questions. Il était obligé d'expliquer qu'il avait perdu ses papiers et d'inventer un tas d'histoires rocambolesques qui ne faisaient que susciter la suspicion. Après avoir passé deux nuits dehors, il finit par trouver un coin dans un squat. Les locaux étaient sordides, le confort sommaire, la sécurité aléatoire. Il fallait se méfier de tout et de tout le monde, mais au moins, personne ne posait de question.

Il rencontra les obstacles analogues pour chercher du travail. En refusant de dévoiler son identité, il se heurtait aux comportements de rejet que subissaient réfugiés et autres sans-papiers. À force de se retrouver sur les mêmes rangs qu'eux, de les croiser sur les mêmes files d'attente, dans les mêmes centres d'aide, il finit par s'intégrer à un groupe d'immigrés en situation irrégulière. Il partageait leurs tuyaux, les combines, le travail au noir, les foyers clandestins, les locations ignobles auprès de marchands de sommeil, le recours à l'économie parallèle. Petit à petit, son réseau de connaissances s'étoffa et lui permit de découvrir des points de connexion avec le reste de la société : des patrons peu sourcilleux vis-à-vis de la législation, des entreprises friandes d'une main-d'œuvre docile parce qu'en situation illégale ou, au contraire, engagées dans une lutte pour une plus large ouverture du pays aux réfugiés. Quelles qu'en soient les motivations, Arnold se constitua un panel d'employeurs potentiels. Dans cette logique, un collègue d'un jour lui donna l'adresse d'une petite agence d'intérim qui avait trouvé une méthode permettant de contourner les lois sur le travail des étrangers en situation irrégulière et accessoirement sur la fiscalité.

Il fut intégré à une équipe d'ouvriers spécialisés sur une chaîne de montage d'une banlieue industrielle au sud-ouest de Bruxelles. Évidemment, il émargeait au salaire minimum, mais celui-ci, plus élevé que le SMIC français, gommait partiellement sa baisse de revenus. Cette petite paye, lui permit tout de même de s'installer dans une collocation étriquée partagée avec de jeunes collègues irakiens. En dépit d'un confort spartiate et d'une promiscuité permanente, ils parvenaient, à l'aide de quelques litres de boissons fermentées ou le recours à diverses substances récréatives, à oublier leur situation précaire et à échapper au désespoir. À la marge, des liens se créaient, des informations s'échangeaient.

Ainsi, l'un de ses colocataires le mit en contact avec une organisation fournissant les services très particuliers dont Arnold avait besoin : moyennant quelques mois de salaire tout de même, celui qui se faisait appeler *Newman*, proposait une création de nouvelle identité. C'était cher, il y engouffra la totalité de ses économies, mais la prestation était complète et de qualité : le patronyme d'un Namurois porté disparu — probablement victime d'un règlement de compte — avec passeport de bonne facture et extrait de naissance. Il eut même un CV d'agent commercial, diplômé d'une école de management québécoise. Tout y était ! Il ne lui restait qu'à l'utiliser intelligemment pour organiser son retour en France.

Arnold, alias Nicolas Monis, s'appliqua à reconstruire sa nouvelle vie méticuleusement, avec patience et rigueur. Il travailla presque deux ans à l'usine, le temps de reconstituer les économies suffisantes qui lui permettraient de subvenir à ses besoins avant de retrouver emploi et logement. Pas question de traîner dans des squats ou de devoir quémander de l'aide à des organismes sociaux en France. Trop risqué. Sa future vie commençait à s'esquisser, mais, perfectionniste, il la voulait parfaite et il procéda par étapes. Prudent, il décida d'attendre que les choses se tassent avant de s'installer, que l'affaire de sa disparition soit oubliée, que Danièle fût jugée et que la justice ait tourné la page.

Pour obtenir des informations sans se dévoiler, il fallait qu'il s'adresse à quelqu'un assez proche de son ex-compagne, mais qui ne le connaissait pas. Il pensa à la librairie dans laquelle elle travaillait. Prétextant une commande particulière dont il avait longuement discuté avec cette vendeuse, il appela la boutique.

— Elle n'est plus ici, lui répondit-on.

— C'est ennuyeux, elle m'avait promis de chercher...

— Vous ne savez pas ? Vous n'avez pas lu les journaux ? Elle a été incarcérée. Il paraît qu'elle a tué son compagnon. Une histoire affreuse. Le pauvre, on n'a jamais retrouvé son corps. J'étais loin d'imaginer un truc pareil venant d'elle. C'est incroyable ! Elle était si aimable, si serviable. Elle cachait bien son jeu !

— À moins que ce soit une erreur judiciaire. Elle a été jugée coupable ?

— Bah, non, pas encore ! Le procès devrait avoir lieu à la fin de l'année, d'après ce qu'ils disaient dans le *Bien Public*.

C'était tout ce qu'il espérait savoir. Arnold n'avait plus qu'à se tenir informé de la suite de la procédure. Pour cela, il appelait régulièrement le greffe du tribunal.

— Vous êtes de la famille ?, lui demanda-t-on une fois.

— Non, un vieux copain de lycée. Ça fait quelque chose d'apprendre qu'une amie a commis un crime.

Quand la date du procès fut fixée, il commença à prospecter le marché du travail en France, se déclarant disponible après le verdict. Il se rendit à plusieurs reprises en région parisienne, pour des entretiens d'embauche et finit par décrocher un poste de commercial dans l'Ouest francilien.

Dès lors, il prépara plus concrètement son retour.

Il ne résista pas à la tentation d'assister au procès de Danièle. Le jour fatidique, il se présenta à la cour d'assises sous sa nouvelle identité, portant barbe et cheveux longs. Avant d'entrer en salle d'audience, il chaussa une paire de lunettes aux montures épaisses et prit place au dernier rang de la travée qui faisait face au box des accusés. Il la voyait, recroquevillée sur son banc, l'air dépité, incrédule, inquiète. Elle suivait, ou plutôt, subissait son procès, soumise, passive comme il aimait la contempler. Il en tira une jouissance indicible.

Après le délibéré, c'est avec immense jubilation qu'il entendit le verdict : « coupable ». Cette joie fut cependant altérée par la peine infligée, d'une clémence inadmissible à son goût.

Peu lui importait désormais. La page était tournée, ce chapitre de sa vie était définitivement refermé. Dès la fin du procès, il abandonna son poste à l'usine.

La semaine suivante, il s'installait à Nanterre et intégrait une équipe *force de vente*, dans le nouveau quartier d'affaire de Courbevoie.

Après plus de deux ans d'exil, la vie reprenait : il pouvait repartir à la conquête de sa prochaine victime.

.

14

Devant l'établissement pénitentiaire, un homme attendait dans un minibus blanc. Dès que Danièle franchit la porte, une grande femme élégante vint à sa rencontre arborant un sourire bienveillant.

— Sophie, de l'association Insertion Formation Inclusion, IFI pour les intimes, se présenta-t-elle en lui tendant la main. C'est avec moi que tu as eu l'entretien de motivation l'autre jour au téléphone.

À la fois éblouie par un soleil ardent et sans doute un peu impressionnée par la douce autorité émanant de Sophie, Danièle ne répondit que par un timide sourire.

— Au fait, ça ne te dérange pas qu'on se tutoie ? C'est l'usage entre les membres de notre petite communauté, c'est plus simple et ça favorise les liens. On vit ensemble en permanence, cinq jours par semaine, alors forcément... On t'emmène à la base vie du chantier.

— C'est loin ?

— Moins de cinquante kilomètres. David va nous y conduire. C'est lui au volant du minibus là-bas. Il est président des Clefs de Rochefort, l'association qu'il a fondée avec une bande d'amis pour essayer de réhabiliter le château.

Elle déchargea Danièle d'un de ses sacs et l'invita à la suivre vers le parking.

Sur la route, David regardait Danièle dans le rétroviseur, se demandant ce qui pouvait bien passer par la tête de la jeune femme après presque quatre années derrière ces murs. Il avait envie de nouer la conversation, mais elle paraissait si fermée, si secrète. Il ne savait comment l'aborder. Il craignait de la blesser.

Danièle restait muette. Elle prenait plaisir à contempler la campagne vallonnée. Cette nature verdoyante lui avait tant manqué. Elle ne répondait aux rares questions de Sophie qu'avec parcimonie : un hochement de tête, un sourire, parfois un mot. Sophie ne s'en offusqua pas. Après sa longue expérience de bénévolat auprès de diverses structures sociales, elle n'était plus surprise par ces comportements. Elle n'insista pas. Elle se contenta de commenter quelques points intéressants sur la route : le magnifique village de Noyers en suggérant que Danièle pourrait le visiter avec le groupe lors d'une sortie culturelle ; la descente vers la vallée de l'Armançon qui signait l'imminence de leur destination ; le vieux pont de Cry ; la silhouette impressionnante du château de Rochefort qui dominait la voie d'Arlot et enfin, le bourg d'Asnières à la lisière duquel était installée la base vie du chantier.

Danièle ne fit pas de commentaire. Elle connaissait la région. Elle avait traversé souvent ce village qui n'était qu'à une douzaine de kilomètres de Saint-Remy, son ancien domicile. Elle reconnut la forteresse en ruine devant laquelle

elle était maintes fois passée sans jamais avoir pris le temps de s'y arrêter.

À l'arrivée de la fourgonnette, le frein à main tout juste serré, David proposa la visite du chantier.

— On amènera vos affaires au foyer ce soir. Pour l'instant, je vais vous présenter l'équipe et notre château.

— Enfin, votre tas de pierres, plaisanta Sophie.

— Oui... Mais vous verrez, on va le faire revivre !, rétorqua David enthousiaste.

En descendant du véhicule, Danièle découvrit la façade délabrée de la forteresse mangée par une végétation folle. Devant son air un peu dépité, David expliqua.

— Ce château a environ neuf cents ans et une histoire assez ingrate. Figurez-vous que la famille Languet l'a acquis en 1661 et le marquis de La Guiche en est devenu propriétaire au siècle suivant en épousant la petite fille Languet. Il a été confisqué à la révolution, miraculeusement épargné de la destruction, et restitué sous la Restauration. Malheureusement, peu de temps après l'avoir récupéré, suite à un épouvantable drame, les maîtres des lieux s'en sont complètement désintéressés au point qu'ils ont vendu non seulement les meubles, mais aussi des éléments indispensables de la structure tels que la toiture et la charpente du logis seigneurial. Alors forcément, depuis cent cinquante ans que l'édifice est livré aux intempéries, il s'est considérablement dégradé, comme vous pourrez le constater. C'est pourquoi, avec quelques habitants du village, on a décidé de se battre pour essayer de sauvegarder ce qui reste de ce patrimoine. C'est ainsi qu'est née notre association. Et c'est à ce magnifique projet que vous allez participer aujourd'hui. Venez, je vais vous présenter l'équipe.

Une petite dizaine de jeunes gens s'activaient autour du pont dormant donnant accès à la porte du château. Certains d'entre eux triaient des pierres, d'autres essayaient de les ajuster pendant qu'on gâchait un mortier de chaux sur l'arcade romane supportée par un cintre solidement charpenté. Le chef du camp-chantier, un architecte du patrimoine, supervisait les travaux. Quand Sophie annonça l'arrivée de la nouvelle équipière, tout le monde cessa de travailler pour satisfaire sa curiosité.

— Danièle va se joindre à nous jusqu'à la fin de la saison. Mais ne vous arrêtez pas. On fera plus ample connaissance à la pause ce midi.

Plusieurs jeunes gens esquissèrent un geste de salutation, un hochement de tête, un sourire, puis se remirent à la tâche après quelques secondes d'observation.

— Suivez-moi, je vais vous présenter les autres, enchaîna David.

Il emprunta le sentier pentu qui contourne l'édifice par la droite.

— Comme vous pouvez le constater, les remparts sont dans un triste état. La végétation a repris ses droits en faisant de gros dégâts. Le lierre et les ronciers grimpent partout et les racines pénètrent les moindres interstices, puis se faufilent en élargissant des fissures et finissent par desceller les pierres, éclater les murs jusqu'à provoquer leur effondrement. Surtout, tenez-vous bien à l'écart de ces remparts... Vous voyez ce tas de gravats ? C'est ce qui reste d'une tour...

David laissa Danièle contempler l'étendue des dégradations.

— C'est une course contre le temps... On va contourner cette enceinte et remonter par l'autre versant. On devrait y trouver l'équipe du chantier dévégétalisation en train de débroussailler. C'est un travail important. Il s'agit de lutter pour éviter la destruction des maçonneries. Mais c'est délicat et dangereux. Il ne faut pas faire n'importe quoi, n'importe où. Ici, on agit en groupe, de façon coordonnée, sécurisée avec casque et chaussures de sécurité et on n'intervient qu'après autorisation de l'architecte. Certaines sections de ces murs présentent de gros risques d'effondrement.

— Et vous pensez réellement parvenir à relever cet édifice ? Parce qu'il y a du boulot !

— Malheureusement, non. En tout cas, pas entièrement. Une partie du site a été déclarée en état de ruine. On n'a que le droit de préserver ce qu'il en reste. Par contre, de l'autre côté, on doit pouvoir restaurer les communs. Mais pour l'instant, les contraintes juridiques limitent notre action à un chantier de nettoyage et de conservation.

— Juridiques ? C'est lié au statut particulier de votre main-d'œuvre ?

La question amusa David.

— Non, ça n'a rien à voir. Le travail est essentiellement réalisé par des bénévoles des Clefs de Rochefort et des jeunes de l'IFI, comme vous. Moi, je ne fais aucune différence. C'est un chantier d'entraide. Les obstacles juridiques, c'est juste que le château n'appartient pas à l'association. Même si on considère qu'il fait partie du patrimoine de notre région — d'ailleurs, il est classé monument historique depuis 1974 — d'un point de vue légal, c'est la propriété exclusive de la famille La Guiche. Nous, on est locataires sous bail emphytéotique[14] de cinquante ans. On le loue pour un loyer symbolique, ce qui nous donne le droit d'effectuer ces travaux. Mais comme c'est un bien privé, on a du mal à trouver des financements, notamment publics.

Danièle contemplait ces jeunes qui s'affairaient sur les ruines, débroussaillant les bases des murailles, évacuant les débris végétaux en empilant au passage les pierres qu'ils dégageaient.

— Et qu'est-ce que je vais faire, moi là-dedans ?

— Comme on vous l'a dit : contribuer à la sauvegarde de notre beau patrimoine, selon vos aspirations et vos capacités.

---

[14] Bail de longue durée donnant au preneur le droit d'exploiter et d'améliorer un bien immobilier en contrepartie d'un loyer modique. À la fin du bail, le propriétaire récupère son bien y compris ses éventuelles améliorations, constructions et enrichissement sans contrepartie.

En général, les jeunes commencent par la dévégétalisation. Ça permet de se familiariser avec les lieux et les règles. Ensuite, ils participent aux travaux de maçonnerie. Après, ils choisissent. Pour certains d'entre eux, c'est le début d'une démarche d'apprentissage. Ils apprennent la taille de la pierre, les techniques anciennes de construction, de charpente... Si tout se passe bien, l'IFI les envoie sur d'autres chantiers afin de compléter cette initiation et ils finissent par obtenir une qualification. Ça permet à certains d'entre eux de décrocher un job à la fin de leur temps de détention.

— Mais je n'ai aucune compétence dans les métiers du bâtiment, moi ; j'ai un master de littérature. Avant d'être incarcérée, j'étais libraire !

— C'est pas un problème, ne vous inquiétez pas. Rares sont ceux qui arrivent ici avec une qualification préalable. Ils découvrent les techniques traditionnelles de restauration. Quant au chantier de préservation, il offre un travail au grand air, à côté des bois, hors des murs. Quand on sort de prison, ça fait du bien, croyez-moi. Et puis grâce à l'entraide, chacun finit toujours par trouver sa place ici, vous verrez. En plus, vous allez rencontrer des intervenants passionnés d'histoire.

Lors de la pause méridienne, Sophie avait prévu un petit verre de l'amitié afin de faciliter l'accueil de la nouvelle venue au sein de l'équipe. Cela lui permit de briser la glace avec ses compagnons. Puis ils prirent leur repas ensemble sous un velum installé à demeure.

— On déjeune ici, précisa David. Les locaux à l'intérieur ne sont pas encore suffisamment sécurisés pour qu'on puisse les utiliser. Mais ça viendra. Des architectes bénévoles de l'association Rempart [15] doivent venir expertiser les différents corps de bâtiment.

Dès l'après-midi, la jeune femme fut équipée : combinaison renforcée, bottes de sécurité, gants, casque et tout un attirail de sécateurs et autres cisailles. Patrick lui montra le travail à effectuer et les précautions à prendre pour éviter les accidents. Au début, Danièle s'y attela sans grande conviction tellement la tâche lui paraissait vaste. Une végétation dense s'était élancée à l'assaut des remparts et en dévorait tours et murailles. Mais à mesure que l'ouvrage avançait, elle contemplait le résultat et avait l'impression de libérer le château de l'épaisse gangue qui l'étouffait. Après trois années passées entre les murs gris sombre de la prison, le contact de la végétation et l'activité à l'air libre lui procuraient un véritable plaisir.

Le soir, en dépit des premières ampoules qui lui brûlait les doigts, elle reprit le minibus avec le sentiment de satisfaction d'avoir accompli un travail utile.

— On rentre à Ménétreux. On est hébergés dans une ancienne maison de convalescence qui a été mise à la disposition de notre association pour la durée du chantier,

---

[15] Rempart est une association de sauvegarde du patrimoine et d'éducation populaire, dont le but est la restauration de monuments.

expliqua Sophie. On y reste toute la semaine, parfois jusqu'au samedi quand on organise des sorties culturelles. Bien sûr, le vendredi, on doit vous ramener à la prison de Joux.

— Cools, les week-ends !, ironisa Florence, une femme entre deux âges, au fond du véhicule.

— Tu verras, reprit Sophie sans relever le sarcasme. Tu auras une chambre plus confortable qu'à Joux et le soir, on passe de bons moments ensemble.

— Les jolies colonies de vacances, avec une monitrice sympa, commenta Florence.

— Fais pas attention, elle braille tout le temps, mais elle n'est pas méchante.

— Moi aussi, je t'aime, Sophie !, conclut l'intéressée.

Les participants du chantier formaient une petite communauté solidaire, soudée par leur vie en groupe, le travail partagé, et plus encore par des vécus difficiles, des passés douloureux. Même s'ils n'avaient pas tous goûté au milieu carcéral, leur destin brisé les avait fracassés, marginalisés d'une façon ou d'une autre : licenciés, expulsés, sans domicile fixe, victime d'un conjoint toxique, voire violent, prostitués, drogués ou internés en psychiatrie après une sévère dépression. Tous avaient besoin d'aide pour reprendre contact avec la société.

Ils avaient souvent du mal à se livrer, à exposer ces blessures encore sensibles, comme de vilaines cicatrices. Une fois par semaine, un psychologue de l'association essayait de les soutenir lors de discussions autour de la cheminée. Il prétendait qu'il était important d'affronter ces traumatismes pour dépasser les angoisses. Certains mettaient plusieurs semaines à s'ouvrir. Mais quand le barrage cédait, des flots de paroles charriaient toute la lourdeur de cette misère accumulée.

Danièle se sentait libérée de ses blessures enfouies, par la seule reconnaissance juridique de son innocence. Elle expliqua assez succinctement son affaire, depuis la disparition d'Arnold, son arrestation, le procès, la détention et jusqu'au relèvement de sa période de sûreté. Les autres étaient satisfaits. Pourtant, le psychologue la regarda avec insistance.

— C'est bien. Je suis content pour toi, lui dit-il. Cependant, je crains que ce ne soit pas suffisant. Je crois que des affects sont plus profondément ancrés en toi, dont il faudra te libérer. Mais prends ton temps. Tu pourras m'en parler quand tu seras prête.

Danièle resta interdite à ce propos. Troublée, elle ne savait trop qu'en penser. Elle sentait pourtant qu'il avait vu juste, qu'il avait entrevu les séquelles infligées par ces années sous emprise.

Sa vie au chantier-camp s'organisa et elle s'intégra parfaitement dans la dynamique du groupe. D'autant que, par le biais de Maître Thorjmal, l'adjudant-chef Lassigny obtint la possibilité de rendre visite à Danièle. Il travaillait étroitement avec l'avocate, échangeant ses informations pour faire avancer les deux dossiers : celui du procès en révision que défendait Anne, et ses recherches sur les traces d'Arnold qui faisait désormais davantage figure de fugitif que de disparu.

Quelques semaines plus tard, elle reçut une lettre de Christine, sa codétenue, qui lui annonçait que sa demande de remise de peine avait été acceptée. Elle venait d'être libérée et placée sous simple contrôle judiciaire. Après le meurtre de son conjoint, elle avait naturellement été déchue de sa qualité d'héritière. Heureusement, sa fille unique, alors seule bénéficiaire de la succession, avait pu conserver le domicile familial, près de Paris, en banlieue est. La maison était grande, aussi proposa-t-elle à Danièle de l'héberger quand elle sortirait à son tour, le temps de se retourner. Sa future vie commençait à se dessiner.

Le travail était dur autour du château, mais valorisant. Petit à petit, les hauts murs du rempart ouest furent dégagés, laissant malheureusement paraître les dommages infligés par les décennies d'abandon. Le chantier se poursuivit par le déblaiement des gravats au pied des parties effondrées. Un dur labeur : il fallait extraire moellons et pierres de taille, parfois très lourdes, prises dans une gangue de terre compactée par la pluie. Chacune était triée et rangée selon ses possibilités de réutilisation.

C'est au cours de cette pénible tâche que Danièle, un soir, en dégageant les éboulis au pied d'un mur partiellement effondré de la portion nord de l'enceinte, découvrit un accès à une partie souterraine. Elle en avisa l'architecte qui, féru d'histoire, confirma que les remparts à cet endroit correspondaient à ceux de la première forteresse érigée au XIIe siècle. Celle-ci avait été rasée au XVe siècle pour rebâtir le château actuel dans la cour haute. De l'ancienne bâtisse, il ne restait que les caves et les soubassements qui servirent d'écuries pendant les décennies suivantes. De mémoire des villageois, elles furent aussi utilisées plus récemment par les résistants du maquis Vauban, en 1943.

— On peut y jeter un œil ?

— J'aimerais bien, mais non, c'est impossible...

— C'est interdit ?

— Non... Du moins pas encore. C'est trop dangereux.

— Ce qui n'est pas interdit est autorisé, non ?

— Sauf que le chantier est sous ma responsabilité. Ça pourrait s'effondrer à n'importe quel moment et je ne tiens pas à ce qu'il y ait des blessés ou des morts par mon imprudence. Je dois donc en empêcher l'accès à toute l'équipe.

— En tant que passionné d'histoire, tu n'es pas furieusement curieux de ce qu'il y a là-dedans ?

— Bien sûr que je suis curieux. Mais...

— Mais si tu n'y vas pas maintenant, une fois que ce sera officiellement interdit, tu le regretteras.

— Sans doute...

— Et du point de vue de l'architecte, ce n'est pas important d'établir le plan des caves et des fondations ?

— Si, évidemment... De toute façon, je n'ai pas de quoi faire des relevés et on n'a même pas de lampe.

— Eh bien, c'est simple : on camoufle cet accès sous quelques pierres. Comme ça, on revient demain avec des torches et le matériel dont tu as besoin, et on y va tous les deux.

— Pourquoi tous les deux ?

— Tu ne peux pas t'y aventurer seul ; ce serait trop dangereux. Et pourquoi moi ? Parce qu'à part toi, il n'y a que moi qui connais ce passage. Inutile, d'attiser la curiosité des autres. Ils risqueraient d'être tentés à leur tour par cette expédition.

— Côté sécurité, c'est limite : si ça s'effondre quand on est là-dedans ?

— Si ça tient debout depuis neuf cents ans, ce ne serait vraiment pas de bol que ça s'écroule, pile pendant les quelques minutes de notre visite !

— Pas de bol, c'est sûr, mais on n'aurait aucune chance d'être secourus.

Danièle réfléchit à cette horrible éventualité.

— C'est facile, reprit-elle, on n'a qu'à descendre à cinq heures du soir. Comme ça, si on se retrouve coincés, les copains verront bien qu'on n'est pas là au départ du minibus. Ils trouveront nos affaires. Il suffit de leur laisser un message posé sur nos sacs avec un croquis pour qu'ils lancent les secours.

— Mouais... C'est gonflé quand même ! Il y a de vrais risques.

— Le risque, c'est le prix de la curiosité !

Patrick hésitait.

— Regarde bien cet accès, reprit la jeune femme. Tu vas vraiment renoncer à l'opportunité d'examiner ces voûtes bâties par des artisans il y a près de mille ans, ces pierres taillées par les mains de nos anciens, de voir ces caves qui ont traversé neuf siècles d'histoire. Il y a une part de mystère, non ? T'as pas envie de savoir ?

— T'es diabolique, en fait ! Bon, t'as gagné. Mais pas un mot. À personne !

— Promis.

Le lendemain en fin d'après-midi, Danièle et Patrick équipés d'une frontale chacun et d'une puissante torche s'engouffrèrent furtivement dans les caves de l'ancien château. Ils durent dégager le seuil à demi obstrué par des éboulis avant de trouver un couloir dont la hauteur permettait tout juste de se tenir debout. Probablement un passage de service dissimulé, voire une issue discrète pour s'échapper en cas de siège. À peine eurent-ils avancé de quelques pas que l'étroite galerie formait un coude sur la droite, et deux mètres plus loin, elle tournait à gauche. Patrick s'interrogeait sur la raison d'être d'une telle structure.

Cette chicane visait-elle à se protéger de projectiles, d'interdire l'intrusion de lanciers ou d'empêcher de forcer le passage avec un bélier ? L'architecte prenait des mesures qu'il reportait sur un croquis dans son carnet de dessin. Un peu plus loin, ils débouchèrent sur un couloir perpendiculaire assez large donnant accès, sur la gauche, à une grande cave voûtée de plusieurs dizaines de mètres carrés. Celle-ci desservait deux petites salles. Patrick examinait la structure des plafonds, la taille des pierres, prenait des mesures pendant que Danièle munie de la torche éclairait les points qu'il lui désignait. Quand il eut fini de relever un schéma de cet espace, ils sortirent pour explorer le couloir de droite. Celui-ci descendait en pente douce sur une dizaine de mètres avant d'atteindre une quatrième salle de grande dimension, tout en longueur. Le plafond étant grossièrement de niveau sur l'ensemble de la structure souterraine, la voûte de ce local montrait une belle hauteur. Le sol où affleurait la roche naturelle s'abaissait jusqu'au fond où s'ouvrait une porte désormais obstruée par un énorme éboulis.

— Probablement l'accès principal depuis l'extérieur qui a dû être comblé pour construire la nouvelle enceinte, supposa Patrick. Tu vois ces marques sur la pierre ? Elles devaient supporter les gonds d'un lourd portail.

Danièle acquiesçait en silence, s'appliquant à éclairer les parois, selon les directives de l'architecte. À l'autre extrémité, une porte donnait accès à une cavité plus modeste. Patrick, entièrement absorbé par son carnet, noircissait des pages à la lueur de sa frontale. Pendant qu'il n'utilisait pas le puissant éclairage de la lampe torche, Danièle scruta la grande salle et remarqua, en partie basse de la paroi opposée, un petit renfoncement qui lui sembla étrangement obscur.

— T'as pas besoin de moi pour l'instant ? Je vais voir quelque chose de l'autre côté, prévint-elle.

— Oui, mais ne t'éloigne pas trop, répondit-il, absorbé par son travail.

— T'inquiète ! Je reste dans cette salle.

Elle s'approcha de la dépression qu'elle apercevait au bas du mur opposé et, un peu hésitante, tendit la main. Elle fut étonnée de rencontrer un obstacle où la noirceur suggérait une cavité et plus surprise encore par la consistance de ce qu'elle touchait. Elle tâta prudemment l'objet, en détermina les contours du bout des doigts, tira délicatement. La masse sombre bougea sans difficulté. Elle s'en saisit et, à la lumière de sa frontale, découvrit enveloppé dans une toile qui tombait en poussière, ce qui ressemblait à un sac de cuir parcheminé. Le poids du paquet lui fit deviner la nature de sa précieuse trouvaille qu'elle enfourna prestement au fond de la poche intérieure de sa combinaison de travail.

Elle jeta un regard anxieux à son comparse, toujours occupé par ses croquis et en profita pour retourner vers cette curieuse cachette afin de l'explorer soigneusement. Elle sentit une masse de tissu plus grosse, mais qui résistait. Ne voulant pas attirer l'attention de Patrick, elle se releva avec la ferme intention de revenir, seule.

— J'ai fini, déclara l'architecte. Il va falloir sortir avant que les autres s'inquiètent. Tu as vu quelque chose d'intéressant ?

— Bof. Juste un trou au ras du sol en bas de cette cave.

— Oui. Je crois savoir ce que c'est. Vu les dimensions, la hauteur et la configuration de la salle, je pense que ce doit être d'anciennes écuries. La cavité dans laquelle tu as farfouillé devait servir à vidanger le purin. Rappelle-moi de ne plus te serrer la main, ajouta-t-il avec malice.

— Charmant !, se contenta-t-elle de répondre en haussant les épaules.

Le soir, une fois seule, elle tira le verrou de sa chambre avant de déballer son mystérieux paquet sur une serviette qu'elle avait étalée sur son lit. La bourse cachée par ce pauvre Jehan quatre siècles plus tôt recracha une trentaine de pièces d'or.

Après la jubilation à la vue de cette découverte, vint le moment des questionnements et de l'inquiétude. Comme Jehan à son époque, elle se demandait comment profiter de ce magot sans s'attirer des ennuis. Et d'abord, où le cacher ? Il ne craignait pas grand-chose au sein de ce foyer provisoire, mais elle ne pouvait pas le ramener à la prison. Elle n'avait aucune chance de passer la fouille. C'était un coup à ce qu'on révoque sa remise de peine. Il fallait trouver un lieu sûr. En attendant, elle enveloppa cette monnaie dans un mouchoir en papier qu'elle disposa à plat au fond d'une de ces célèbres boîtes d'anis de Flavigny qu'elle posa au-dessus de son armoire. Ça lui laissait le temps de réfléchir à des solutions plus sûres.

Les jours suivants, elle était préoccupée par sa découverte. Où cacher ces pièces ? Combien valaient-elles ? Comment aller chercher les autres en toute discrétion ? Autant de questions qui tournaient en boucle en son esprit. Question de priorité, elle se focalisa sur l'extraction du second paquet qu'elle avait touché du bout des doigts, au fond de la cave. Le reste pouvait attendre. Pour s'en emparer, demander à l'architecte d'y retourner avec elle l'aurait obligée à le mettre dans la confidence et à partager ce trésor, ou à l'abandonner à un musée, voire au propriétaire du château. Inacceptable ! Non, elle devait y aller seule, malgré les risques que cela supposait.

Sa décision prise, elle réfléchit à la façon dont elle allait mener son projet : subtiliser une torche ou au moins une frontale sans attirer l'attention, s'éclipser discrètement en fin de matinée, puis suivre la même méthode que la fois précédente.

Deux jours plus tard, elle se faufila dans les caves peu avant midi. Elle se remémora le trajet, ce qui ne fut pas difficile ; ce n'était pas très loin. Elle atteignit le lieu rapidement où elle essaya à nouveau d'extraire le paquet. Mais il ne bougeait pas. Elle tirait de toutes ses forces, en tous sens, sans parvenir au moindre résultat. Elle eut alors l'idée de déchirer la toile et de crever la bourse de cuir, espérant qu'en se vidant il se décoincerait. D'un coup de son sécateur, elle parvint à perforer les deux couches qui protégeaient le précieux contenu et put ainsi faire tomber quelques pièces. Mais le reste ne bougeait toujours pas. Elle s'allongea alors sur le ventre afin d'examiner le sac percé à la lumière de sa torche ce qui lui permit d'avoir confirmation qu'il s'agissait également d'un sac de monnaie ancienne. Pourtant, en observant plus attentivement, elle s'aperçut que seules de rares lueurs dorées se mêlaient à une quantité de pièces grisâtres ou verdâtres souillées de coulures de salpêtre qui formaient un amalgame. En grattant énergiquement, Danièle réussit à en dégager seulement quelques-unes de cette masse compacte, puis ressortit des caves avec l'intention de revenir mieux équipée.

Lors de la pause méridienne, elle se rendit discrètement sur le chantier de maçonnerie où elle subtilisa marteau et burin. En milieu d'après-midi, impatiente, elle descendit pour la troisième fois dans les souterrains. Ses outils étaient parfaitement adaptés au travail à effectuer, mais la tâche allait s'avérer beaucoup plus difficile que prévu. Elle taillait efficacement la masse rocheuse qui faisait pression sur le bloc compact, pourtant la bourse ne se décoinçait pas. Elle put récupérer quelques piécettes sur le bord du sac, sans parvenir à dégager l'ensemble. Elle s'appliqua alors à desceller une pierre sur la paroi de droite. Son travail avançait doucement : petit à petit le moellon commença à bouger sous l'impact du burin. Encouragée, elle tapa vigoureusement avec le marteau. Elle y mit bientôt tant d'énergie qu'une partie du mur céda. Elle ressentit un choc violent sur sa tête et ce fut le noir complet.

Étourdie, elle souffrait d'une épaule et son bras droit, coincé par un bloc, était totalement immobilisé. En proie à la panique, il lui fallut un long moment avant de comprendre que sa cécité n'était due qu'au bris de sa frontale. De la main gauche, elle atteignit alors la torche fixée à sa ceinture et pu visualiser la configuration de l'éboulis à travers le nuage de poussière opaque qui se dissipait lentement. Heureusement qu'elle avait son casque. Elle lutta un long moment avec son seul bras libre et, à force de contorsions désespérées, elle parvint progressivement à dégager des gravats son épaule, son coude, son poignet... Quand elle réussit enfin à se libérer entièrement, essoufflée, en sueur, elle ramassa ses affaires et s'enfuit de ce souterrain qui avait failli devenir son caveau. Jamais elle n'y retournerait !

Le temps passé dans ces caves lui avait paru une éternité. Pourtant, on était encore loin de la fin de journée. Elle se remit de ses émotions en taillant le lierre sans conviction.

Le soir, elle examina son maigre butin : une petite dizaine de piécettes dont seulement deux en or. Les autres, très abîmées, étaient soit d'un gris sombre presque noir, soit d'un vert maculé de salpêtre. Après un premier rinçage à l'eau et au savon, les salissures disparurent, mais le métal gardait ses couleurs ternes. « Probablement de l'argent et du cuivre, pensa-t-elle. Et dire que j'ai failli mourir ensevelie pour ça ! ».

~ ~ ~

Au cours de son séjour au camp-chantier, elle découvrit toute l'histoire et les multiples anecdotes sur le château depuis sa construction : les intrigues, les alliances et les rivalités de seigneuries, les conflits de succession, les batailles frontalières entre le duché de Nevers, de Bourgogne et le comté de Champagne, la guerre de Jean-Sans-Peur contre le Royaume de France au cours de laquelle la forteresse d'origine fut rasée, les vingt-cinq années de reconstruction, la menace qui pesa sur le château pendant la Révolution et sa restitution sous la Restauration. Elle apprit aussi l'histoire horrible de la jeune fille d'un marquis de La Guiche au XIXe siècle dont les cheveux prirent feu alors qu'elle voulait les sécher à la chaleur de la cheminée. On dit que c'est à la suite de ce drame que la famille abandonna cette demeure.

On évoqua bien sûr la dernière guerre et le maquis Vauban qui prit un temps pour base les anciennes caves du château. Rattachés aux FTPF[16] de l'Yonne, ces résistants multiplièrent les sabotages de la ligne du Paris-Lyon-Marseille dans la vallée de l'Armençon, détruisirent l'écluse de Rougemont, opérèrent de nombreux coups de main sur la RN5 et autour

---

16 FTPF : Francs Tireurs et Partisans Français, appartenant au mouvement de Résistance Intérieure Française.

de Ravières jusqu'à leur tragique extermination à la ferme des Essarts[17].

On rapporta même l'histoire beaucoup plus récente des lieux. Les communs étaient encore habités en 1956, ce qui est surprenant au regard de l'état de délabrement de la bâtisse cinquante ans après. Il faut dire que, sans aucun entretien, ouvert à tous vents, aux entrepreneurs indélicats qui venaient y piller de belles pierres de taille et à toutes sortes de populations qui y organisaient des fêtes débridées, la décrépitude fut rapide. On ne parlait pas de *rave*, dans les années soixante-dix. Les sonos étaient moins bruyantes, les substances moins dévastatrices.

On découvrit pourtant un cadavre au fond du puits lors des premiers travaux de préservation. On suspecta d'abord une overdose, mais l'enquête révéla finalement une histoire de vengeance bien plus sordide.

De l'histoire de cet inconnu *germa une idée* dans la tête de Danièle. Comme la minuscule graine d'une herbe folle, elle allait se développer sur un terreau propice ; celui de l'esprit d'une femme blessée qui avait besoin, sinon de vengeance, du moins de justice.

---

[17] Le 19 octobre 1943, cerné dans la ferme des Essarts par une cinquantaine de soldats allemands appuyés par huit blindés, le maquis Vauban fut démantelé.

15

La collaboration étroite de l'adjudant-chef et de Maître Anne Thorjmal, finit par porter ses fruits. Désigné officiellement directeur d'enquête pour l'instruction du dossier de révision, Lassigny apporta des preuves indiscutables qu'Arnold était encore en vie. Il retrouva sa trace jusqu'à Bruxelles. Puis la piste semblait se diluer dans la métropole. Pourtant, sur internet, il continuait d'être très actif, mais ses coordonnées communiquées par ses fournisseurs de services en ligne renvoyaient toujours sur son ancienne adresse à Saint-Rémy.

Depuis la demande de révision, l'avocate, de son côté, exerçait un véritable *forcing* pour que le dossier de Danièle reste sur le dessus de la pile. Il ne fallait pas qu'il refroidisse. Son insistance auprès du parquet, qui frisait parfois le harcèlement, eut sans le moindre doute un effet sur le délai de traitement. Elle apportait aussi les connaissances juridiques dont Lassigny avait besoin dans ses démarches de procédures pénales. En contrepartie, il lui transmettait tous les renseignements sur l'avancement de son enquête. Cette collaboration était riche et leurs relations fréquentes, si bien qu'une réelle complicité s'établit entre eux.

Avec ces conseils, l'adjudant-chef obtint les autorisations nécessaires pour solliciter l'intervention de la police belge.

Celle-ci retrouva la trace d'Arnold dans l'un de ses lieux d'hébergement. Le propriétaire de la collocation avait gardé la copie de ses fiches de paie. À partir de là, les enquêteurs remontèrent à l'agence d'intérim qui leur fournit la liste de ses employeurs. L'un des responsables des ressources humaines livra un témoignage surprenant.

— Du jour au lendemain, il a disparu ! Abandon de poste pur et simple. On n'a plus jamais entendu parler de lui ! Il n'est même pas passé prendre son solde de tout compte.

— C'était quand ?, demanda l'enquêteur.

— Je vais vous retrouver ça... C'est pas compliqué, c'est marqué sur sa notification de rupture de contrat de travail.

Le service du personnel avait conservé le dossier complet numérisé d'Arnold, y compris le *scan* de son passeport français. Le responsable montra son écran.

— Vous pouvez m'en faire une copie ?, demanda le policier.

L'homme lança une édition papier et se dirigea vers l'imprimante.

— Si vous le trouvez, vous pourrez lui dire qu'il vienne nous débarrasser de ses affaires. Quand on l'a remplacé, on a dû casser le cadenas de son vestiaire et on a mis ses saletés dans un casier qui prend la poussière aux archives. On doit attendre un an avant de tout bazarder.

— Si ça ne vous dérange pas, on va l'embarquer. On va peut-être trouver quelque chose d'intéressant. Qui sait ?

Le carton ne contenait qu'un bleu de travail, des chaussures de sécurité, des gants et une résille. Ils se réjouirent, car le laboratoire scientifique allait probablement relever du matériel biologique permettant enfin d'établir sans ambiguïté qu'Arnold était employé en ces lieux bien après son supposé meurtre. Plus inattendu, ils découvrirent dans la poche intérieure du vêtement, sa carte d'identité française.

Malheureusement, la piste s'arrêtait là. Après cet abandon de poste, le fugitif ne laissa plus aucune trace en Belgique.

Quand Lassigny reçut le rapport de la police fédérale belge, il se réjouit d'abord des résultats des analyses scientifiques. Le matériel biologique recueilli sur la résille et les chaussures correspondait au profil ADN relevé dans la maison de Saint-Rémy. On tenait la preuve que c'était la même personne qui avait travaillé quelques mois plus tôt près de Bruxelles. L'adjudant-chef prévint aussitôt l'avocate.

— Allo, Anne ? Tu veux une bonne nouvelle ?

— Bonjour Michel... J'espère que tu as du solide parce que le juge d'instruction, un tatillon psychorigide du genre à refuser de croire que la justice puisse se tromper, m'a laissé entendre que les éléments que tu as trouvés ne prouvent pas tout à fait qu'on a affaire au même homme. Il prétend qu'on a pu usurper l'identité d'Arnold. Je suis furieuse. Quelle tache !

— Anne ?

— La présomption d'innocence et le bénéfice du doute, une fois qu'un dossier est jugé, ça lui passe au-dessus !

— Anne, on se calme !

— Euh, oui pardon. Il m'a énervé cet abruti ! Alors c'est quoi ta nouvelle ?

— Eh bien, tu vas pouvoir redescendre : on a trouvé l'ADN d'Arnold dans l'usine où il travaillait il y a seulement quelques mois.

— C'est vrai ? C'est génial ! Champagne ! T'es libre ce midi ? On fête ça au Bouchon du Palais ?

— Non, pas le temps. Je suis désolé. Dijon est à plus de deux heures de route aller-retour. Ce soir, si tu veux... Mais il y a un autre truc intéressant : notre cher disparu a laissé sa carte d'identité en abandonnant son job juste après le procès de Danièle.

— Bizarre... Qu'est-ce que ça veut dire ?

— Déjà, qu'il a sûrement changé d'identité, avec de faux papiers et un nouveau nom. Et puis il y a aussi cette date... Il ne peut pas s'agir d'une coïncidence. Ce sagouin a dû attendre le jugement avant de refaire sa vie. Et si c'est le cas, c'est probablement pour revenir en France après le verdict. Il voulait être sûr que le crime était reconnu par la justice, donc qu'il était réputé décédé. On va avoir du mal à le coincer.

Le soir, ils se retrouvèrent comme convenu au Bouchon du Palais. Les nombreux échanges téléphoniques, les réunions de travail autour du dossier et surtout leur implication réciproque les avaient manifestement rapprochés. Une vraie complicité les liait désormais.

— Dis voir, il y a une idée qui me trotte dans la tête depuis ce matin. C'est peut-être ridicule... Je voudrais quand même savoir ce que tu en penses...

— Dis toujours.

— Je me demande s'il n'aurait pas poussé le cynisme jusqu'à venir assister à l'audience. C'est un peu tordu, je te l'accorde, mais la coïncidence m'intrigue...

— C'est tordu, en effet. Cela dit, ce type-là, il est tordu. Et tu sais, moi en bon gendarme, les coïncidences, je n'y crois pas.

Cette idée était un peu bizarre... Quoique... Pour l'enquêteur, c'était une piste à vérifier. Le repas continua en parlant d'abord de l'affaire, puis elle dériva sur des sujets plus personnels, plus intimes. Plus agréables aussi. Ils firent la fermeture du restaurant.

— Dis-moi, tu ne vas pas te taper une heure de route au milieu de la nuit avec ce qu'on a bu ? Je peux t'héberger, si tu veux, j'habite à deux pas, proposa Anne, surprise de sa propre audace.

Dès le lendemain, après une dernière étreinte, Lassigny reprit ses investigations.

De son côté, l'avocate s'empressa d'aller livrer les nouveaux éléments au magistrat instructeur.

— Cette fois, il va bien falloir admettre l'erreur judiciaire, claironna-t-elle.

Elle ressortit aussitôt de son bureau pour éviter de s'emporter ; elle ne voulait pas risquer de discréditer sa ligne de défense. Cependant, elle resta au second étage et se rendit au greffe du JAP. Avant d'entrer, elle respira profondément afin de se calmer. Il ne s'agissait pas de reporter sa colère sur ce nouvel interlocuteur.

— Bonjour Madame le juge. Oui, je sais, c'est encore moi. Mais cette fois, ce pourrait être la dernière. Enfin, ça ne tient qu'à vous, bien sûr... Je vous apporte des éléments qui devraient venir à bout de vos craintes les plus légitimes.

— Et ce sera quoi aujourd'hui ?

— Voici les résultats d'analyse ADN d'un échantillon trouvé en Belgique sur des vêtements portés par un ouvrier trois ans après les faits. J'ai confié les originaux au juge d'instruction pour les verser au dossier de demande de révision. On a maintenant la preuve indiscutable qu'il n'y a pas eu crime, mais disparition volontaire du conjoint de notre inculpée. Compte tenu de ces nouveaux éléments et de l'issue désormais quasi certaine du procès, je pense qu'il serait judicieux de rendre sa pleine liberté à cette innocente le plus tôt possible. Ce n'est bien entendu que mon opinion personnelle. Évidemment la décision vous appartient et loin de moi l'idée de vous influencer.

— Évidemment !

La magistrate se laissa choir sur son fauteuil et regarda Anne.

— Vous êtes une drôle d'avocate, vous ! En tout cas, votre cliente a eu de la chance de tomber sur vous.

— Merci Madame le juge.

~ ~ ~

Quand Sophie vit arriver la voiture de gendarmerie sur le parking du chantier, elle crut qu'un de ses pensionnaires avait commis une nouvelle indélicatesse. Ce n'était pas fréquent, mais quelquefois, en dépit du soin qu'elle portait à la sélection des jeunes en voie d'insertion, il y avait des petits dérapages.

— Bonjour ! Adjudant-chef Michel, de la brigade de Montbard, se présenta-t-il en arrivant. Peut-on voir Danièle ?

— Danièle ? Bien sûr, elle doit être sur la façade ouest dans la cour haute. Je vous accompagne.

Sophie était inquiète.

— Et vous êtes ?, demanda-t-elle à Anne.

— Veuillez m'excuser. Maître Thorjman, je suis l'avocate de Danièle.

Cette réponse ne rassura pas la responsable de l'IFI.

— Il y a un problème ? Elle a commis une infraction ?

— Ah, non pas du tout ! Au contraire, on vient pour lui apporter une bonne nouvelle et lui parler de son procès.

— Ah, vous m'avez fait peur ! Dans ce cas, vous la trouverez au pied de la tour nord-ouest sur la terrasse seigneuriale. En bas de l'escalier, suivez le bâtiment sur votre gauche. Vous ne pouvez pas la louper.

Quand Danièle les aperçut, sa réaction fut mitigée. Ravie de voir son avocate, la vue de l'adjudant-chef en revanche la replongea dans des souvenirs pénibles. Bien qu'elle se souvienne qu'il avait essayé de témoigner en sa faveur, son uniforme lui rappela sa terrible garde à vue, le jour où sa vie s'était effondrée. Pour dissiper le malaise, Anne ouvrit la discussion.

— Aujourd'hui, on a de bonnes nouvelles ! Grâce au travail formidable de Michel, mais il va vous expliquer.

— Bonjour, dit-il. Euh... je voudrais d'abord m'excuser de tout ce qu'on vous a fait subir à la gendarmerie. Je suis vraiment navré. Même si je ne croyais pas en votre culpabilité, je n'ai pas réussi à trouver les arguments pour convaincre d'arrêter la machine infernale qui se mettait en route. Je suis terriblement désolé.

— Ça va Michel, interrompit Anne, tu n'y pouvais rien. Il y avait des éléments matériels, tu avais une hiérarchie et des procédures à respecter.

— Je sais, mais j'ai quand même participé à cette erreur judiciaire...

— Pardonnez ma réaction, coupa Danièle, C'est l'uniforme qui m'a mis mal à l'aise. Des mauvais souvenirs... J'ai bien vu que vous faisiez ce que vous pouviez. Je ne vous en veux pas. Au début, oui... Et puis j'ai eu presque quatre ans pour réfléchir. Et avec les informations que vous m'avez fait parvenir par le biais de Maître Thorjman, j'ai su orienter ma haine vers l'ordure qui partageait ma vie. Vous avez de ses nouvelles ?

— Oui et non. C'est précisément l'objet de notre visite. Comme vous le savez, je l'ai repéré sur les réseaux sociaux, ce qui a permis à Anne de vous obtenir l'allègement de peine qui vous a conduit ici. Depuis, j'ai réussi à savoir qu'il s'est sauvé en Belgique et, mieux, la police Belge a pu trouver son ADN, ce qui prouve qu'il était vivant bien après votre incarcération, donc que vous êtes innocente.

— Une sortie définitive doit être actée par le procès en révision dont l'issue ne fait aucun doute, précisa l'avocate. Je suis retournée voir le JAP, pour l'informer des nouveaux éléments. Je pense qu'il devrait vous libérer sous contrôle judiciaire, très rapidement.

Danièle était stupéfaite. Ses yeux s'embuèrent et elle s'assit sur une grosse pierre taillée.

— Ça va ?, s'enquit Anne. Vous allez pouvoir sortir !

— Oui, c'est super !... Mais je suis déjà dehors, ici... J'ai pas envie de partir.

— Si c'est que ça, vous pourrez rester ici, librement !

— Je sais pas... Je suis... un peu perdue.

— De toute façon, la justice n'étant pas très rapide, vous aurez certainement un petit délai pour digérer la nouvelle. Prenez votre temps.

— Et puis je ne vais pas te mettre dehors, intervint Sophie qui les avait rejoints. L'IFI c'est un peu une famille.

Danièle, visiblement troublée, restait muette. Lassigny vint s'asseoir à côté d'elle. Lorsqu'il lui tendit un paquet de mouchoir, elle s'effondra en sanglots. L'adjudant-chef la prit par les épaules.

— Je suis vraiment désolé.

Le vibreur du téléphone d'Anne brisa ce silence. Elle se mit à l'écart avant de répondre.

— Oui, vous êtes sûre ?

— ...

— Par fax ? Et ils l'ont faxé à Joux pour la levée d'écrou ?

— ...

— Vous demandez confirmation et vous me rappelez s'il y a un problème. Merci.

L'avocate revint vers Danièle, l'air embarrassé. Elle laissa Lassigny la consoler encore un peu.

— Bon, désolée de vous interrompre, mais j'ai du nouveau. Ma secrétaire vient de m'appeler. On a reçu votre ordonnance de liberté conditionnelle. Il faut nous rendre au centre pénitentiaire de Joux pour la levée d'écrou.

— Maintenant ?

— À moins que vous vouliez y passer un week-end supplémentaire...

— Non, ça ira, merci, dit-elle avec un premier sourire.

En partant, Anne prévint Sophie de leur départ.

— Mais Danièle veut rester. On vous la ramène ce soir ?

— Ce soir ? Oui, vous la reconduirez directement au foyer, à Ménétreux.

Une heure plus tard, à la prison de Joux, Danièle rassemblait ses quelques affaires amassées au cours de sa détention. Un seul carton, et encore, il n'était même pas plein ! Pour près de quatre années entre ces murs, ça en disait long sur la vacuité de cette tranche de vie perdue. Au moment de partir, elle demanda de faire une dernière visite à la bibliothèque.

— Vous allez nous manquer, dit la surveillante. Qui va leur apprendre à lire maintenant ?

— Avant, je vous aurais bien proposé mes services comme bénévole, mais aujourd'hui, je ne supporte plus ces murs.

Puis ce furent les formalités administratives, la restitution des effets personnels confisqués lors de son incarcération, l'inscription sur la fiche d'écrou.

En sortant, Anne et Danièle prirent la route de Ménétreux avec l'adjudant-chef. En passant par Montbard, le gendarme s'arrêta à la Brigade pour enfiler des vêtements civils, puis fit une halte au supermarché.

— Je vous laisse cinq minutes. Une petite course à faire, dit-il en descendant de voiture. Vous êtes combien au foyer ?

— Environ une quinzaine, je crois.

Il revint un quart d'heure plus tard avec un carton de crémant de Bourgogne et un cabas bien rempli. Touchée par cette attention, Anne l'embrassa.

— Mon affaire a fait vos affaires, je vois !, plaisanta Danièle.

L'avocate était heureuse. Elle voyait enfin sa cliente sourire et reprendre timidement goût à la vie.

Arrivés au foyer, Michel et Anne sortirent les provisions et, aidés par Sophie, organisèrent un apéritif pour fêter l'évènement.

— Tu as finalement décidé de nous quitter ?, demanda la responsable d'IFI entre deux coupes.

— Non ! J'aimerais terminer le chantier avec l'équipe. C'est pratiquement ma seule famille.

— Tu sais, notre association, ce n'est pas une prison de plus. IFI, ça veut dire insertion, formation, inclusion. Tu as l'impression d'être insérée dans la société ? Tu te sens incluse ? Non ! Alors il n'y a aucune raison qu'on t'abandonne. On t'aidera tant que tu en auras besoin.

~ ~ ~

Danièle continua à contribuer à la préservation du château jusqu'à la fin de campagne de travaux, en septembre. Mais sa vie avait bien changé. Elle avait récupéré l'accès à ce qui restait de ses comptes, y versa le pécule constitué de la maigre rémunération de son travail au cours de sa détention. Elle put se racheter un téléphone, reprendre contact avec sa sœur, ses amies. Elle recommençait à s'épanouir, à s'ouvrir aux autres. Le week-end, ses économies lui permettaient de sortir un peu, de se payer un cinéma ou de prendre un verre entre compagnons du chantier. Du moins, ceux qui n'étaient pas détenus. Le vendredi, elle allait émarger à la gendarmerie pour son contrôle judiciaire. C'était l'occasion de voir l'adjudant-chef Lassigny. La plupart du temps, il l'invitait à dîner, avec Anne.

Cependant, même si elle reprenait goût à la vie, elle n'oubliait pas. Quatre années passées dans une cellule de six mètres carrés, quatre années de vie injustement perdue, quatre années coupée du monde, de la société, de sa famille, de toutes ses relations, pour rien, juste par la volonté d'un être profondément malfaisant qui avait décidé de lui infliger cette souffrance, comme ça, gratuitement, ça ne s'oublie pas. Elle devait le retrouver. Elle allait le lui faire payer.

Au château, chaque fois qu'elle passait à côté des ruines de la chapelle, elle repensait à cet inconnu trouvé au fond du puits. C'est tout ce qu'il mériterait.

Le germe se développait.

~ ~ ~

Le week-end du 15 août, elle profita du pont pour aller à Paris.

Christine était venue l'attendre à la Gare-de-Lyon. Les retrouvailles furent émouvantes et festives entre les anciennes codétenues : boutiques, petit restaurant du quartier du Marais, promenade nocturne sur les quais. Après ce qu'elles avaient partagé, leur déambulation dans la ville avait un goût de liberté, comme une saveur de miel. Retour à Bussy par le denier RER.

Arrivées chez Christine, les deux femmes poursuivirent la soirée au salon, autour d'un chablis, avec la télévision, son coupé, à la manière d'une fenêtre sur le monde extérieur. L'une et l'autre avaient toujours besoin de percevoir la vie au-delà des murs. Elles discutèrent comme des collégiennes jusqu'à l'aube... et à la fin d'une seconde bouteille.

Évidemment, elles évoquèrent longuement le cas d'Arnold. Il fut affublé d'une variété d'épithètes extrêmement éloquentes que je ne peux malheureusement pas rapporter ici sans ternir mon image d'auteur et celle de mon éditeur. Dommage...

Elles parlèrent beaucoup, réfléchirent librement, échafaudèrent des scénarios débridés, cruels même... Dans les vapeurs d'alcool, *le germe de la vengeance se développait.*

— Tu vois Danièle, mon mec, il était violent, brutal. Quand il avait picolé, il cognait. C'était dur, douloureux parfois. J'en ai bavé, c'est vrai, mais c'était net, je savais à quoi m'en tenir. Je suis restée soumise comme une idiote tant que je l'aimais assez pour le supporter. Et puis il a dépassé les limites, c'est devenu intolérable, alors je l'ai buté. Il frappait *cash*, je lui ai fait payer la note, franco de port, TVA comprise. J'avais pas le choix : il y avait la petite. J'ai assumé : dix ans de *zonzon* ! Et je vais te dire : je regrette pas. C'était le prix, j'ai payé. C'est réglo. Et maintenant, avec ma fille, on a enfin la vie qu'on aurait toujours dû avoir.

« Toi, ce qu'a fait l'infâme pourriture qui t'a servi de gigolo, c'est pire : c'est juste ignoble ! OK, il t'a pas frappé, mais c'est hyperviolent ce que tu as subi. Et incroyablement lâche. Tu parles d'un brave ! Faut qu'il ait les bonbons collés au papier pour cogiter en douce une saloperie pareille. Je ne sais pas ce qui a pu se passer dans la boîte à purin qui lui sert de cerveau quand il a imaginé un truc comme ça. Cet étron visqueux a pris tout son temps, il a dû touiller tous ses neurones putréfiés jusqu'à ce qu'ils gerbent une idée bien nauséabonde. Il a gambergé les moindres détails, juste par plaisir de t'envoyer au placard. C'est abject. Quelle ordure ! S'il voulait te plaquer, il n'avait qu'à se tirer dans son dépotoir ; il n'avait pas besoin de t'expédier en taule. Je serais à ta place, je lui ferai payer, c'est sûr. Avec agios salés et pénalités de retard à taux majoré.

— Ouais... Il faudrait d'abord que je le retrouve. Apparemment, il a acheté une fausse identité. Je ne sais même pas comment il se fait appeler.

— Quel enfoir... (zut, j'avais dit que je ne les rapporterais pas !).

La fatigue et l'alcool vinrent à bout de cette prose vengeresse. Elles s'assoupirent sur le canapé.

Le lendemain, vers quatorze heures du matin, l'esprit nettoyé par une bonne douche et un café bien serré, elles reprirent leurs cogitations.

Le germe commençait à lever.

Elles se demandaient comment retrouver Arnold. Petit à petit, des pistes leur apparurent. Des plans, peut-être un peu tirés par les cheveux... encore que... Le traquer sur des sites de rencontre ? Une aiguille dans une botte de foin, voire une grange de fourrage ! Mais à force d'y réfléchir, elles élaborèrent des stratégies. Après tout, Danièle le connaissait mieux que quiconque, mieux que ses nouvelles victimes à qui il devait masquer sa vraie personnalité, ses penchants pervers, ses méthodes de manipulation. Elle pensait aux futures requêtes, aux bons mots-clés, aux filtres pertinents à paramétrer dans les moteurs de recherche : ses goûts, ses passions, ses manies constituaient son talon d'Achille. Elle finirait par le trouver.

— La moto, peut-être ?, suggéra Danièle.

— T'es à côté de tes pompes, ma belle !

— Non : c'est comme ça que mon ami gendarme l'a vu sur un forum.

— D'accord, mais ça ne te permettra pas de lui mettre la main dessus dans le monde réel. Tu ne comptes pas t'asseoir sur le bord du *périph* et arrêter tous les motards ?

— Non ! Évidemment... Qu'est-ce que tu proposes, toi ?

— Crois-moi, la passion des mecs, c'est d'abord le sexe et ensuite le fric.

— Et alors ?

— Alors, il faut commencer par le chercher sur des forums de rencontre. Et s'il est avec une pouffe, sélectionne ceux qui se disent mariés et veulent des plans Q.

— Il doit y en avoir des paquets et rien me dit que je vais le trouver.

— Ces sites te permettront de voir les photos et d'affiner tes recherches par goût : la moto par exemple. Il n'avait pas d'autres centres d'intérêt ? Le ciné, la musique, le sport, la littérature...

— Les BD ! C'est vrai ! Il ne manquait jamais un festival de la bande dessinée à Angoulême, ni une Japan Expo.

— Eh bien, voilà ! Maintenant, tu sais où et quand le trouver ! Ça tombe à pic, il doit y avoir un second Paris Manga fin novembre à l'Espace Champeret ! Au pire, il y aura une Japan Expo en juillet.

Cette conversation fit son chemin dans l'esprit de Danièle.

Le germe se développait.

Avant de repartir vers Ménétreux, elle fit un détour jusqu'au quartier de la Bourse. Elle avait vu, sur internet, que la rue Vivienne regroupait de nombreuses boutiques de numismatique. Elle avait l'intention de faire évaluer trois des pièces trouvées dans les caves du château. Elle consulta successivement quatre comptoirs. Pour être sûre.

— Elles datent toutes du seizième siècle, affirma le négociant. Vous voyez, ici, on peut lire 1587. C'est un quart d'écu d'Henri IV. Celle-ci, en argent vaut autour de cent cinquante euros. À confirmer par l'expertise, bien sûr. La seconde, c'est un double tournoi. À l'époque, ça ne valait pas grand-chose. Mais grâce à leur valeur historique, elles se vendent encore entre quinze et cent euros selon l'état. Malheureusement, elles sont en cuivre et elles sont souvent bouffées par le vert-de-gris. La vôtre n'est pas trop abîmée, vous devriez pouvoir en tirer quelques dizaines d'euros peut-être. J'ai gardé le meilleur pour la fin. Celle-ci est en or. C'est un écu.

— Et alors ?

— C'est une pièce exceptionnelle, parce que c'est de l'or déjà, mais surtout par sa valeur historique et sa rareté. La dernière fois que j'en ai vu une — et elle n'était pas en aussi bon état — elle s'est négociée à plus de dix mille euros.

— Dix mille ? Vous me faites marcher !

— Non, Madame. Je suis très sérieux. Évidemment, celle-ci, je ne suis pas en mesure de vous l'acheter aujourd'hui, contrairement aux deux autres. Il faudra l'expertiser et solliciter les gros collectionneurs. Mais si ça vous intéresse, je peux m'occuper de la transaction. En plus, elle m'a l'air en excellent état, elle devrait bien se vendre.

— Il faut que j'y réfléchisse, répondit Danièle. Je vais prendre votre carte et je reprendrai contact.

— Attendez que j'y note mon téléphone privé. Une pièce de cette valeur mérite que je m'y consacre personnellement.

Par acquit de conscience, Danièle démarcha trois concurrents et obtint chaque fois un avis similaire. C'est avec quatre bristols et plein d'idées en tête qu'elle prit le TGV pour Montbard.

Au cours des semaines qui suivirent, elle continua le chantier au château dont la campagne de rénovation s'acheva fin septembre.

Comme Patrick l'avait prévu, des architectes des Monuments de France, assistés par des experts en structures, vinrent examiner le site : les remparts extérieurs, l'édifice principal néo-renaissance, les communs et les caves de l'ancienne forteresse. Ils prélevèrent des échantillons, prirent des mesures, placèrent des jauges de contrainte.

Sans surprise, leurs conclusions tombèrent dans les semaines qui suivirent : l'état de ruine du logis seigneurial fut confirmé, une injonction de procéder à des travaux de conservation fut adressée au propriétaire et l'accès aux salles souterraines fut interdit. Peut-être avaient-ils remarqué le début d'éboulement provoqué par Danièle...

Leur conclusion résonna dans l'esprit de Danièle : trop dangereux.

Le germe de la vengeance s'épanouissait.

16

À la fin du chantier, Danièle rappela Christine.

— Ta proposition de m'héberger tient toujours ? Juste quelques semaines.

— Bien sûr ! Le temps qu'il faudra ; il y a rien qui presse. Ça me fait super plaisir !

Mi-novembre, elle posa ses valises chez sa codétenue qui lui avait préparé une chambre.

— Au départ, on l'avait prévue pour un second enfant. Ensuite, vu l'ambiance à la maison, on l'a transformée en débarras. On y entassait nos vieilleries. Et c'est ici que je me réfugiais parfois quand mon mec picolait trop. J'ai fait un peu de vide. C'est rudimentaire, mais tu es ici chez toi.

— Merci, je te revaudrai ça, dès que je pourrai. Promis.

— Pas de ça entre nous ! Tu ne me dois rien ; t'es une amie. Ma sœur de galère.

Danièle s'installa sommairement. Ses préoccupations étaient tout autres.

Paris Mangas devait se tenir moins de deux semaines plus tard. Il fallait qu'elle aille reconnaître les lieux, les locaux, les parkings, les accès. Si Arnold s'y présentait, elle ne voulait pas lui laisser la moindre chance de lui échapper.

Elle comptait par ailleurs profiter de son séjour près de la capitale pour organiser la conversion de ses précieux écus en euros, sans éveiller des curiosités malencontreuses. Aussi dut-elle effectuer les transactions très discrètement, vendant ses pièces une par une, chez plusieurs négociants. L'opération allait s'échelonner dans le temps.

Cette année-là, le troisième festival Paris Manga, se déroulait sur une seule journée. Ce dimanche matin, Danièle arriva deux heures avant l'ouverture. Pourtant, des dizaines de jeunes affublés d'accoutrements les plus excentriques attendaient déjà entre les barrières métalliques installées pour canaliser la foule.

Elle s'était confectionné un costume sommaire. Rien de très sophistiqué ; son but n'était pas de se faire remarquer, bien au contraire : une simple perruque de cheveux verdâtres, une cape mauve et surtout, un masque de sorcière qui dissimulait presque tout son visage. Seule sa bouche apparaissait, mais grimée avec un stick de *gloss* à lèvres noir qui la rendait méconnaissable. À l'extérieur de la file d'attente, elle remonta jusqu'aux portes d'entrée. Elle voulait être sûre qu'il n'était pas là, même s'il n'était pas du genre à se lever tôt. Qu'importe : elle ne laisserait pas la moindre chance de le manquer. Elle parcourut la queue en examinant attentivement chaque personne, insistant quand un *cosplay* aurait pu le dissimuler. Elle parvint à l'extrémité avec l'assurance qu'il n'était pas encore arrivé. Elle vit ainsi s'agglutiner les milliers de visiteurs qui convergèrent toute la matinée vers l'entrée. Ce défilé lui donnait le vertige, mais elle n'abandonna pas.

Midi et demi, les arrivants se firent moins nombreux, plus disséminés. Un couple attira son attention : une fille déguisée en blonde décolorée, bustier vulgaire qui se voulait sexy exhibant la moitié de ses seins, jupe coupée au ras du taille-crayon, maquillage outrancier qui évoquait davantage les rues des bas quartiers d'Amsterdam qu'une élégante geisha. Elle s'accrochait au bras d'un homme comme si elle craignait de se noyer dans la foule. Danièle ne vit pas tout de suite le visage du garçon, mais elle reconnut sa démarche. Quand le couple aborda la branche de la file d'attente qui les ramenait près d'elle, ses derniers doutes se dissipèrent. Alors elle se dirigea à son tour vers l'entrée.

Ils faisaient la queue à seulement quelques mètres d'elle, si proches qu'elle entendait des bribes de leur conversation. Elle regardait cette fille avec un mélange de dégoût et de compassion. Pouvait-elle imaginer la nature du monstre qui l'accompagnait. Probablement pas. « Leur liaison doit être récente, pensa-t-elle. Il fait le beau et joue la séduction. Il en est encore à la première phase de sa prédation ».

L'après-midi, elle suivit le couple discrètement, à distance. Lorsqu'ils firent une pause autour d'un snack, elle commanda un café et vint s'asseoir à la table voisine. Dos à la chaise de cette pimbêche inconsistante, elle ne perdait pas une miette de leurs mièvreries.

Quand Arnold s'éclipsa pour se rendre aux toilettes, elle approcha sa conquête.

— Excusez-moi. Pourriez-vous avoir la gentillesse de surveiller mes affaires, le temps d'aller aux WC.

Pendant que la jeune fille acquiesçait avec le sourire, Danièle, appuyée sur l'accoudoir du siège d'Arnold, préleva son portefeuille de la poche intérieure de sa veste restée sur le dossier.

Elle remercia l'ingénue, se leva et partit aussitôt en direction des sanitaires. Mais quelques stands plus loin, elle s'arrêta pour examiner son butin. Elle trouva la carte grise d'une moto immatriculée à Bruxelles et un passeport belge dans lequel était insérée une facture justifiant son domicile en France. Elle glissa le document d'identité sous sa cape puis retourna à sa place. Le couple était toujours là, à minauder. Insupportable ! Mais utile : leur vigilance s'étant relâchée au cours de ces câlineries béates, elle en profita pour laisser tomber le portefeuille d'Arnold dans le sac à main de son écervelée.

Danièle s'amusa de son stratagème qui visait à ce que le doute fragilise la relation naissante entre les tourtereaux. Certes, il révélait sa jalousie résiduelle en recourant à une manœuvre dont elle n'était pas fière, mais elle chassa ses scrupules en imaginant que cela permettrait peut-être à cette jeune fille d'échapper à son prédateur.

De retour chez Christine, elle créa le profil de Lea Edin87 sur *facebook*. L'affubla d'une photo d'une inconnue sexy qu'elle trouva sur un site de rencontre américain : « une blondasse comme il les aime ». Elle lui inventa une passion pour les grosses cylindrées, la BD, les fêtes débridées avec les copains, les boîtes de nuit, les festivals de musique et, plus atypique, les vieilles pierres. Elle lui imagina des études à l'université Jean Moulin de Lyon, ajouta les goûts musicaux d'Arnold, ses films préférés et quelques couvertures de magazines de moto. Enfin, elle termina sa doublure numérique en créant son e-*mail*.

Puis elle s'empressa de taper un rapide courrier qu'elle imprima aussitôt.

Monsieur Monis,
J'ai trouvé votre passeport à la sortie de l'espace Champerret.
Avant de vous l'envoyer, je voudrais m'assurer que vous êtes
toujours à l'adresse figurant sur la facture d'électricité qui était à
l'intérieur. Vous pourrez me le confirmer par message à
lea.edin87@gmail.com *ou sur* facebook, *pseudo Léa Edin87*
Si c'est bien le cas, nous conviendrons des modalités de
restitution.
Cordialement, Léa.

Après relecture, l'air satisfait, elle le glissa dans une enveloppe qu'elle partit aussitôt déposer à la poste.

À son retour, elle se servit un verre de chablis, et attendit avec le sourire en réfléchissant à la suite.

Deux jours plus tard, elle entendit le petit tintement caractéristique d'une notification sur son tout nouveau compte *facebook*. Le poisson était ferré. Il ne restait qu'à le travailler patiemment pour le ramener en douceur vers la nasse qu'elle lui préparait. Et d'abord, le faire attendre... Elle n'ouvrit le message que le lendemain soir.

Bonjour Léa,
Je vous suis très reconnaissant de votre délicate attention. Je suis bien à l'adresse indiquée sur le justificatif de domicile qui accompagnait mon passeport.
Comment envisagez-vous de me le restituer ? Personnellement, j'aurais plaisir à vous offrir un verre pour vous remercier.
Nico

« Décidément, il ne change pas !, pensa-t-elle. On va le faire mariner un jour ou deux. »

Désormais, elle connaissait ses méthodes. Elle avait pris suffisamment de recul au cours de ces quatre années. Elle y avait longuement réfléchi et avait analysé la façon dont il l'avait manipulée pour la soumettre à son emprise. Elle s'était documentée, avait lu de nombreux ouvrages sur le sujet, à la bibliothèque de la prison. Maintenant, elle devinait son jeu de séduction, elle décryptait ses paroles et ses actes ce qui lui donnait plusieurs coups d'avance.

Au cours de ces deux jours, elle réfléchit à son approche et améliora son appât en publiant des photos reflétant un passé à la hauteur des espérances d'Arnold. Il suffisait de taper "rave party" sur son moteur de recherche, ou "sorties, moto, copains" et elle pouvait garnir son mur d'une histoire plus vraie que nature. Sûr que son profil allait attirer sa proie !

Trois jours après, quand elle envoya la réponse, il fallut moins de cinq minutes pour qu'un message s'affiche en retour.

Bonjour Nico,
Le café, ça ne va pas être possible tout de suite. Je suis en déplacement en province. Dans l'urgence, je vais devoir vous l'expédier par la poste.

Avant ça, il faudrait me prouver que ce n'est pas un nouveau locataire qui répond à mon courrier à la place du vrai titulaire du passeport ? Pouvez-vous m'envoyer une preuve ?
Léa

Ce fut le début d'une longue traque épistolaire. Un jeu de patience pour l'un et l'autre, mais aux enjeux bien différents. Un message d'Arnold, alias Nico, arriva presque aussitôt sous forme d'une copie de son permis de conduire scanné, suivie de près par une photo en meilleure définition qui le mettait à son avantage.

« C'est vrai qu'il est plutôt mignon... l'ordure ! Il faut vraiment qu'on l'arrête avant qu'il fasse d'autres victimes. »

Salut Nico,
OK pour votre identité. Pas mal l'image... Dommage que je ne sois pas sur Paris. J'aurais pris plaisir à prendre un verre.
Léa

Le poisson commençait à mordre sérieusement :

Chère Léa
Peux-tu m'envoyer ta photo ? Ça nous permettrait de nous
retrouver plus facilement.
Dans l'attente de te lire
Nico

« Tiens donc, il me tutoie déjà ! Il perd pas de temps, le saligaud. On va le refroidir un peu ».

Nico,
Ce n'est pas nécessaire : moi, je n'ai pas besoin de récupérer ma
carte d'identité. De toute façon, il y a assez d'images de moi sur
ma page facebook.
Au fait, pourquoi le tutoiement ? Aurait-on une relation qui
justifierait ces familiarités ? Pas que je sache !
Léa

Désormais, le soir, les réponses s'enchaînaient. À croire qu'Arnold était scotché à sa messagerie.

Chère Léa,
Je suis désolé si je vous ai froissée. Je me sentais assez proche de
vous. C'était juste pour faire plus ample connaissance.
Effectivement, j'ai regardé les photos sur votre page. Vous êtes
vraiment craquante.
Amicalement, Nico

À la lecture de ce courriel, Danièle étouffa un rire. La facilité avec laquelle elle l'avait manipulé ! Elle ressentit une indicible satisfaction à la pensée que cette fois, c'est elle qui tirait les ficelles. Et elle n'avait pas l'intention de les lâcher.

C'était tellement drôle qu'elle prit plaisir à souffler le chaud et le froid.

Salut Nico !

Le tutoiement était un peu cavalier. Ça se demande et ça se mérite. Néanmoins, je ne suis pas vraiment froissée.

Que faites-vous dans la vie ? Et d'abord, vous êtes peut-être en couple ?

Bien cordialement, Léa

Danièle prit l'habitude d'entretenir cette relation tous les soirs. Ça lui procurait un sentiment étrange, mêlé de haine et de nostalgie, de défiance et de regrets. Mais désormais, elle ne se laissait pas désorienter. Elle savait à qui elle avait affaire, elle connaissait ses techniques de séduction, ses méthodes de manipulation et ses finalités. Elle les repérait ; mieux, elle les anticipait.

Ma chère Léa,
J'avoue que j'attends nos échanges du soir avec impatience.
Pour répondre à votre première question, je suis commercial dans une grande société d'équipements industriels. Quant à la seconde, non, je ne suis pas en couple.
Mais peut-être pourrions-nous utiliser une messagerie instantanée. Ce serait plus simple et ça fluidifierait nos échanges. Les conversations gagneraient en spontanéité, surtout quand vous jugerez opportun de nous tutoyer.
Je vous donne, à toutes fins utiles, mon identifiant Netmeeting et ICQ.

Dans l'attente impatiente de votre réponse,
Nico.

Loin de l'offusquer, cette proposition allait enfin lui permettre de passer à la vitesse supérieure. Elle laissa néanmoins filer deux jours, pour garder la maîtrise du temps et maintenir une sorte de rapport de force ou de dépendance.

Cher Nico,

Je suis d'accord avec toi en ce qui concerne la fluidité de nos échanges. Cependant, une question m'interpelle : comment un célibataire, plutôt bel homme, peut-il ne pas être en couple ?

Je vais installer Netmeeting qu'on puisse en parler.

Amicalement, Léa

Dès le lendemain, ils se connectèrent tous les deux. Danièle, pour des raisons évidentes, déclara qu'elle n'avait ni webcam, ni micro. De toute façon, elle préférait communiquer par écrit.

— Je viens de recevoir mon passeport. Je te remercie beaucoup. Ça me retire une belle épine du pied.

« Surtout un faux ! Ça ne doit pas être donné », pensa Danièle.

— Je t'en prie, c'est normal. Alors, raconte-moi plutôt pourquoi tu es célibataire ? T'es gay ? Ou impuissant, ou t'as une horrible MST ? ☺

— Non, j'ai été en couple pendant près de dix ans. Au début, j'ai bien vu qu'elle avait des problèmes, mais j'étais très amoureux de Danièle. C'était ma première relation sérieuse. Petit à petit, j'ai compris qu'elle était réellement folle. D'une jalousie maladive, elle piquait des crises dès que je quittais la maison, m'infligeait de véritables interrogatoires quand je rentrais. Comme elle ne travaillait pas, elle passait ses journées à fouiller dans mes affaires. Il lui arrivait même de me suivre. J'ai commencé à déprimer. J'ai compris que c'était pathologique en discutant avec un collègue. Il avait vu que je m'enfonçais jour après jour. Il m'a conseillé de voir un psy. C'est lui qui m'a expliqué.

Danièle était sidérée par la description qu'il faisait d'elle. C'était surréaliste. Quel aplomb ! Mais elle ne se laissa pas démonter. C'est l'intérêt des dialogues écrits.

— Tu as tenté une thérapie de couple ou individuelle ?

— Tu parles... Comme elle épluchait toute ma vie, elle a vu que j'avais consulté un psy en contrôlant les relevés de comptes. Elle m'a fait vivre un enfer. Elle m'a pris ma carte bleue, mon chéquier, et me donnait juste de quoi me payer un restaurant de quartier le midi. Heureusement, j'avais mon American Express d'entreprise. Ça la rendait folle. Un jour, elle a piqué toutes nos économies et elle est partie. Je ne sais pas ce qu'elle est devenue.

— Eh bien, bon débarras ? Non ?

— Oui, sauf que j'étais encore très amoureux. J'ai fait une dépression. J'étais au fond du trou. Là, je me reconstruis lentement. Je commence à sortir la tête de l'eau. Et ce n'est pas facile.

— J'imagine...

« Et comment !, pensa-t-elle. Quelle ordure ! C'est hallucinant ! ». Elle avait compris depuis longtemps qu'il jouait un double jeu, que son absence de scrupules lui avait permis de monter l'horrible machination qui l'avait conduite en prison, mais là, elle vivait en direct sa perfidie. Elle dialoguait avec un monstre abject, avec le diable en personne ! Sous le coup de ses émotions de dégoût et de haine, elle laissa le temps filer sans répondre. C'est lui qui relança.

— Et toi, tu es seule ?

— Oui... Enfin, disons que je n'ai pas de relation stable. La bande de copains, des aventures de passage, mais ils ne restent jamais. Ils ne supportent pas les contraintes de ma vie professionnelle et de mes *hobbies*.

— Ah, c'est quoi ton job ?

— Archéologue.

— Tu cherches des hommes préhistoriques ?

— Non ! Ça, j'en trouve dans tous les bars ! Je me suis spécialisée en protohistoire de l'architecture : l'habitat et les infrastructures à travers les civilisations depuis l'Antiquité tardive jusqu'au bas Moyen-Âge, plus précisément.

— Et ça consiste en quoi concrètement ?

— À comprendre notre histoire en croisant les traces écrites dont on dispose et l'analyse de vestiges des bâtiments, notamment les ruines médiévales et les châteaux.

— Et ça te plaît ? Ça doit être lourd de ramasser des vieux cailloux.

— Au contraire, c'est captivant. D'ailleurs, on côtoie de nombreux passionnés qui recherchent des trésors extraordinaires.

— Des trésors ?

— Eh bien oui. T'as déjà entendu parler des templiers ?

— Oui, évidemment. C'est une légende.

— Pas du tout ! C'est un ordre de chevaliers qui a réellement existé et qui a accumulé, au cours des croisades, de fabuleuses richesses qui n'ont encore jamais été retrouvées. Des centaines de personnes passent leur vie à chercher. C'est le plus connu. Mais c'est loin d'être le seul. Il faut comprendre qu'au Moyen-Âge et même avant, il n'y avait pas de banque comme maintenant, pas de coffre-fort, pas de monnaie scripturale. Tout l'agent circulait essentiellement sous forme de pièces d'or, d'argent, de bronze ou de cuivre qu'il fallait bien stocker. Et compte tenu des diverses attaques, invasions barbares, hordes de bandits, guerres entre seigneuries, il était important pour les familles qui disposaient de quelque richesse, de la cacher dans des endroits sûrs. Mais souvent, quand un propriétaire disparaissait de mort violente, ce qui était fréquent à cette époque, il emportait avec lui le secret du lieu où il dissimulait son or et son argent. Des chasseurs de trésors en retrouvent régulièrement au cours de leurs recherches. Parfois même par hasard, lors de travaux.

— Fascinant. Et toi, tu en as déjà trouvé ?

— Moi, c'est un peu différent, je suis payée pour comprendre l'histoire... Cela dit, peut-être...

— Wahou, c'est passionnant ! Tu racontes ?

— Pas ce soir. Il est tard et je dois prendre un train demain matin. Mon métier nécessite beaucoup de déplacements. Bonne nuit.

— OK, on se reparle quand ?

— Je ne vais pas me connecter avant la fin de la semaine. Désolé. Ce sont les petits inconvénients de la profession : des chantiers au milieu de nulle part, des hôtels miteux sans réseau, des fois même de simples campements de toile... À vendredi !

Elle évita toute autre question en se déconnectant brutalement. Elle venait de s'octroyer quatre jours de répit pour se remettre des horreurs qu'il avait proférées à son encontre et préparer la suite. Elle trouvait qu'elle avait bien avancé au cours de cette première conversation. Il ne fallait pas aller trop vite. Ça lui faisait un peu peur. Elle devait désormais laisser enfler sa cupidité, assimiler la possibilité d'un magot, croitre son appétit pour cet hypothétique argent facile. Elle allait prendre le temps de l'affamer.

Le vendredi soir, quand Danièle se connecta sur Netmeeting, il l'attendait déjà. Il attaqua, direct !

— Bonjour Léa, alors t'as trouvé ton trésor ?

Agaçant !

— Non, pas cette semaine. On ne peut pas en découvrir tous les jours ! Et toi, le commerce ?

— Ouais... la routine. Mais ça me change les idées. Ma rupture est encore difficile par moments. Surtout que tu n'étais pas là.

— Pauvre cœur d'artichaut !

« Avec les poils piquants soigneusement cachés au fond !, pensa-t-elle. Il croit vraiment que je vais le plaindre ? Eh bien, allons-y plaignons-le ! »

— Oui, je sais, ce n'est pas facile. Ça laisse des cicatrices invisibles, mais douloureuses...

— C'est exactement ça. Toi, au moins, tu me comprends.

« Beaucoup mieux que tu ne l'imagines mon salaud ! »

— Sérieusement, reprit-il, t'as fait des recherches intéressantes ?

— Cette semaine, pas vraiment. J'ai hâte de retourner en Bourgogne. Je vais bientôt y être envoyée pour étudier des documents du XIIe siècle aux archives départementales de Dijon.

— Et t'aimes ça les vieux grimoires ?

— Non, c'est rébarbatif et souvent ingrat.

— Eh bien alors ? Pourquoi tu es contente d'y aller ? T'es maso ?

— Ça va me permettre de faire un tour au château de Rochefort.

— Et il y a quoi, là-bas ?

«On y arrive !, pensa Danièle. C'est le moment de me prendre un dessert... et de me préparer mon petit thé du soir. » Elle reprit la conversation un bon quart d'heure plus tard.

— Excuse, j'ai eu un appel téléphonique. Où en étions-nous ?

— Au château de Rochefort...

— Ah oui ! Je ne t'en avais pas parlé ? Je croyais... Je t'ai dit que j'avais peut-être trouvé un trésor ? Enfin, c'est un bien grand mot pour l'instant.

— Pourquoi ? Un trésor est un trésor.

— Oui, mais entre la fortune disparue du Cardinal de Nantouillet évaluée à quatre cent mille écus et la bourse d'un seigneur local qui n'en contient que quelques centaines, il y a de la marge. Les pièces que j'ai aperçues, je ne sais pas du tout ce que c'est, ni combien il y en a.

— Et tu penses aller les chercher ?

— Non, c'est trop dangereux. Il faut que j'étudie le terrain et l'architecture pour évaluer les risques.

— Les risques ? Quel genre de risques.

— Des collègues m'ont dit que l'état de la maçonnerie rendait peut-être cette partie de l'édifice instable. Moi, ce que j'ai vu, c'est un sac de monnaies anciennes caché dans un mur du vieux fort : un sac de toile, à peu près de la taille d'un gros melon ou d'une petite pastèque... Je ne sais pas exactement ce qu'il y a dedans. J'ai juste vu quelques pièces d'or qui s'en étaient échappées.

— Pourquoi, tu ne l'as pas pris ?

— Il y avait trop de monde autour de moi ce jour-là. Et depuis, il y a eu des éboulements.

— Ça peut s'écrouler ?

— Il parait. Franchement, ce ne serait pas de bol, si ça s'effondrait pile au moment où on prend le magot. Ça fait quand même neuf cents ans que ça tient debout !

— Ouais, peu probable...

— Mais pas complètement impossible. En tout cas, moi j'ai la trouille d'y aller seule.

— Oui, je te comprends.

En réfléchissant, Danièle trouva mieux : elle pensa qu'il serait plus facile de piéger Arnold dans la citerne de la cour basse.

— Je vais aussi étudier le puits, à côté des ruines de la chapelle. Il y a quelques années, on a retrouvé le cadavre d'un homme au fond de ce trou. La version officielle, c'est qu'il est mort d'une overdose et que ses comparses peu scrupuleux l'ont balancé par-dessus la margelle pour éviter les ennuis ou qu'il s'agit d'un règlement de compte. Mais parmi les chasseurs de trésors, on raconte qu'il serait descendu à la recherche d'un coffre d'or caché dans la paroi, au fond. Il s'agirait des réserves du Seigneur de Rochefort qui dateraient du seizième siècle, reliquat de financement des travaux de construction de l'édifice pré-Renaissance. Quoi qu'il en soit, le pauvre n'a pas réussi à remonter.

— Une légende urbaine ?

— Non, je ne crois pas : plusieurs indices corroborent cette version. Et d'abord, si tu connaissais le village d'Asnières-en-Montagne, tu ne parlerais pas de légende urbaine.

— Et tu y es allée ?

— Non ! Je ne descendrai jamais là-dedans toute seule ! Je n'ai pas envie de crever au fond d'un trou comme l'autre. Mais avec une petite expérience en escalade et un peu de matériel, ce ne doit pas être très compliqué.

Elle décida que c'en était assez pour la soirée. Il fallait le laisser échafauder lui-même le plan qu'il ne manquerait pas de proposer. Si ça venait d'elle, il risquerait de se méfier.

— Je vais me coucher. Après la semaine que j'ai eue, je suis épuisée.

— Bonne nuit.

— Bises.

Cette marque d'affection virtuelle et ironique, ne lui coûtait rien. Elle se déconnecta avec un large sourire.

17

Le surlendemain, Danièle se rendit au château de Rochefort afin de s'assurer de la configuration des lieux.

Elle laissa son téléphone en charge chez Christine et lui emprunta sa voiture. Depuis Marne-la-Vallée, elle prit la départementale jusqu'à Provins, puis coupa par les routes de campagnes pour rejoindre Asnières-en-Montagne.

Sur place, le long des remparts, elle découvrit un panneau récent qui signalait le risque d'éboulement. Elle repéra l'accès aux souterrains, le dégagea et s'y faufila prudemment. Elle se rendit directement au fond de la salle dans laquelle elle avait trouvé la petite bourse d'or. Sur les débris de l'effondrement qu'elle avait provoqué quelques mois plus tôt, elle déposa ses piécettes d'argent et de cuivre. Elle contempla le résultat : plutôt convaincant. Elle ressortit rapidement en prenant soin d'obstruer le passage avec trois ou quatre chutes de bois de construction provenant du chantier. Elle évitait ainsi que quelqu'un y tombe par mégarde, tout en facilitant le repérage de cet accès.

Persuadée que cette petite mise en scène motiverait suffisamment Arnold pour le faire descendre dans le puits, elle reprit aussitôt la route, pleinement satisfaite.

Le soir même, elle se connecta sur Netmeeting.

— Bonjour Nico,

— Coucou ma belle. Je peux t'appeler ma belle ?

— C'est un peu prématuré. Non ? Et moi, je te surnomme comment alors ? Mon beau ? C'est grotesque !

— Excuse-moi ! Je suis désolé, je me suis emporté. Oublie s'il te plaît.

— OK, j'oublie... Ça a été ton week-end ?

— Oui, un peu long forcément : sans te rencontrer sur Netmeeting.

— Forcément !

— Dis-moi, suite à notre conversation de la dernière fois, j'ai réfléchi à un truc.

« On y est ! », pensa Danièle !

— Ah oui ?

— Pour accéder aux antiquités que tu recherches dans ce château, tu m'as dit qu'il faut être deux ? Il se trouve que j'ai fait un peu d'escalade quand j'étais ado. Si tu es d'accord, j'achète l'équipement nécessaire, et on y va ensemble.

— Et tu attends quoi en échange ?

— Rien. Seulement te rencontrer. Je pourrai enfin t'offrir un verre.

— Je vois... Un verre et plus si affinité ! Ben voyons !

— Non, je t'assure. Je cherche uniquement à t'aider. En toute amitié.

— Ah, pardon, j'ai compris. Tu veux ta part de ce qu'on trouvera ? Combien ?

— Non ! C'est juste pour te rendre service et te connaître, en vrai. Et si on découvre quelque chose, tu feras ce que tu voudras. Moi, je te fais confiance.

— Vraiment ? Mais c'est peut-être dangereux. Je ne suis pas sûre d'avoir le droit de t'embarquer là-dedans et de te faire courir de tels risques.

— Si je te le propose, les risques, c'est moi qui les prends. Je suis assez grand pour assumer mes responsabilités.

Elle reconnut dans la fermeté de cette dernière affirmation, le ton impérieux d'Arnold, tel qu'elle l'avait subi. L'importance de l'enjeu à ses yeux lui avait fait tomber son masque l'espace d'un instant.

— Admettons. Par contre, je ne peux pas t'emmener. Comme je te l'ai dit, je serai à Dijon toute la semaine. Tu viens comment ?

— Pas de problème, je viendrai à moto.

— Tu sais où c'est ?

— Je n'en ai pas la moindre idée, mais tu vas m'expliquer.

— C'est le château de Rochefort à Asnières-en-Montagne. Un petit village à quinze kilomètres au nord de Montbard. Tu connais la région ?

— Vaguement.

« Punaise ! Même pour ça il ment ! C'est pathologique ! »

Danièle lui décrivit le trajet en détail. Elle poussa la plaisanterie jusqu'à choisir un itinéraire passant par Saint-Rémy et le hameau de Blaisy où ils habitaient.

Cohérent dans son rôle, Arnold ne fit aucune remarque sur ce détour.

— OK, et arrivé au village ?

— Tu verras, il y a un panneau qui indique le château, au départ d'un chemin de terre. C'est tout au bout. Tu pourras laisser ta moto à côté du pont dormant, devant la grille d'entrée. Le puits est à l'intérieur, on devra un peu bricoler la serrure.

— Et les souterrains, il faut un matériel particulier ?

— Un petit piochon au cas où il y ait des gravats à dégager. Et de l'éclairage, évidemment.

— C'est au même endroit ?

— Non, c'est à l'extérieur des remparts. Normalement, on ne peut pas les louper, il y a un panneau signalant le danger juste à côté. On devra retirer quelques planches qui bouchent l'entrée.

— OK, j'amènerai ce qu'il faut. On se rejoint vendredi soir.

— Plutôt samedi matin. Je risque de terminer tard la veille et il vaudrait mieux qu'il fasse jour pour repérer les lieux.

— D'accord, on se dit samedi, dix heures ?

— Parfait, j'y serai. Je te laisse ; demain, je me lève tôt.

— OK. Je m'occupe du matériel. Bises

Une fois déconnectée, elle s'écria.

— *Yes ! Yes, yes, yes !*

Christine, depuis l'étage du dessous s'inquiéta.

— T'as un problème ? Il y a quelque chose qui ne va pas ?

— Non, tout va bien. Désolée.

Dès qu'elle fut calmée. Elle envoya un texto à l'adjudant-chef.

Bonjour Michel,
J'ai une super nouvelle ! J'ai retrouvé Arnold sur internet. Et mieux, j'ai réussi à le piéger en lui donnant un rencart samedi matin au Château de Rochefort. Je t'appelle demain pour t'en parler.
Bises, Danièle

Son téléphone sonna dans les minutes qui suivirent. Surexcitée, elle décrocha aussitôt.

— T'es pas couché à cette heure ?

— Non, je suis de permanence de nuit ce soir. Mais toi ? Qu'est-ce qui se passe avec Arnold ?

Danièle lui expliqua toute sa traque depuis le Paris Manga, le vol du passeport, les relations sur internet jusqu'au piège qu'elle lui avait tendu.

— Samedi, t'auras plus qu'à le cueillir à la sortie du puits. Il ne sera pas trop en position de se débattre, ni de s'enfuir.

— Pourquoi tu ne m'as pas donné l'adresse quand tu l'as trouvée ?

— Je ne voulais pas qu'un policier parisien, tire la gloire de ton enquête et de la mienne. C'est toi qui as fait l'essentiel du boulot, toi à qui je dois ma liberté et ma dignité. L'honneur d'arrêter cette ordure te revient de droit.

— T'es diabolique, finalement ! Heureusement que j'ai retrouvé ton bonhomme, sinon je pourrais penser que tu l'as réellement trucidé ! Tu viens comment samedi ?

— Par le premier TGV.

— Très bien. Je t'attendrai à la gare.

Toute la semaine, Danièle rongea son frein. Mais elle pointa scrupuleusement tous les jours pour prendre son service au restaurant où elle avait trouvé un emploi de serveuse. Elle accepta même de bonne grâce les heures supplémentaires que son patron lui avait demandées le vendredi. Puis elle invita Christine à une soirée au bowling où elles restèrent jusqu'à la fermeture.

Le samedi matin, elle se rendit à Gare-de-Lyon avec une confortable avance sur son train. Au guichet, elle acheta un aller simple pour Montbard, paya par carte bancaire et composta son billet quelques minutes avant le départ.

Une heure après, Michel l'attendait dans sa voiture personnelle.

— Plus discret, précisa-t-il devant l'air surpris de Danièle. Mais deux collègues doivent nous rejoindre à midi avec une fourgonnette de service pour récupérer notre colis.

En arrivant au château, l'adjudant-chef remarqua tout de suite la moto.

— Tiens donc ! Une 600R6 immatriculée en Belgique. C'est bien le *nicobiker* que j'avais vu sur le forum de motards ! Il est en avance.

Lassigny, examina le véhicule, tâta son radiateur, puis le moteur. Froids !

— Il doit être là depuis un moment, il y a de la rosée sur la selle. Probablement avant le lever du jour.

Danièle, qui s'était approchée de l'entrée du château, constata que la porte latérale était ouverte. Arnold était là ! Excitée, mais anxieuse à l'idée de tomber nez à nez avec celui qu'elle craignait encore, elle avertit aussitôt Michel. Ce dernier retira la bride de son *holster* et pressa le pas.

Ils traversèrent les communs et passèrent sous le porche donnant accès à la cour basse où se situe la citerne. Un sac de réservoir de moto était posé sur la margelle à côté d'une corde, de quelques agrès d'escalade et d'un kit de crochetage. L'adjudant-chef ouvrit le sac, le fouilla sommairement. Il en retira un portefeuille avec les papiers du deux-roues, un permis de conduire belge au nom de Nicolas Monis, le passeport au même nom, ainsi que les clés de la moto.

Mais il n'y avait personne dans le puits. Quand il fit part de sa déception à Danièle, celle-ci suggéra qu'il était peut-être allé explorer les souterrains. Ils firent alors le tour des remparts sans le trouver. Cependant, la jeune femme constata que les planches qui obstruaient l'accès des caves avaient été retirées et que le passage était dégagé.

— Hors de question d'entrer dans cette souricière, déclara Michel en remarquant le regard insistant de Danièle. Les experts nous ont suffisamment mis en garde. C'est vraiment dangereux.

Quand les collègues de l'adjudant-chef arrivèrent avec la voiture de la gendarmerie, ils partagèrent le constat.

— Il est bien passé par là, la nuit dernière, mais il n'y a plus personne. Faites une petite inspection des lieux, des fois que quelque chose m'ait échappé.

Au retour du major et du sergent qui l'accompagnait, il demanda à Danièle.

— Ça te dit de faire un tour à moto ?

— La jeune femme acquiesça d'un hochement de tête.

L'adjudant-chef lança les clés de sa voiture à son collègue.

— Tu ramènes ma caisse, on se retrouve à la brigade.

En arrivant à la gendarmerie, Danièle eut un bref mouvement de recul. Réminiscence d'un traumatisme. Michel la prit par le bras :

— Ça va aller. Je vais te mettre dans une cellule plus confortable, tenta-t-il de plaisanter.

Mais ce trait d'humour ne passa pas.

— Viens, on va prendre un café en attendant les collègues. Ensuite, je t'emmènerai au Marronnier pour me faire pardonner.

En début de soirée, après avoir fait le point avec le major et le sergent qui l'accompagnait, l'adjudant-chef Lassigny informa son commandant de secteur. Par acquit de conscience, il sollicita l'appui d'une équipe de recherche de la sécurité civile. En raison d'une possible urgence, ceux-ci intervinrent dès le lendemain.

L'exploration des souterrains ne révéla aucune trace d'Arnold. Les secouristes expliquèrent que toute la partie du couloir de gauche était en bon état. À droite en revanche, la voûte s'était effondrée récemment sur le fond de la grande salle, mais ils n'avaient vu personne.

Lorsque Lassigny fit son rapport à son commandant en fin de journée, celui-ci se demanda si Danièle n'aurait pas pu éliminer Arnold. Parce que c'était indéniable : ce dernier avait de nouveau disparu et son ex-compagne avait maintenant un sérieux mobile. L'adjudant-chef reçu l'injonction d'effectuer les vérifications d'usage.

— On ne va pas commettre deux fois la même erreur, mon commandant ? Elle a été incarcérée quatre ans pour rien, on ne va pas lui faire subir une autre garde à vue inutile ?

— Non, évidemment ! On lui fout la paix. Mais vous vérifierez discrètement.

—Bien sûr mon commandant, à vos ordres.

Il procéda à une discrète enquête qui mit rapidement Danièle hors de cause. Au domicile d'Arnold, les policiers parisiens trouvèrent des fiches de paie qui leur permirent de remonter à son employeur. Ce dernier les informa que Nicolas avait été présent du lundi au jeudi inclus, mais avait pris un jour de congé le vendredi.

Après vérification, le patron du bar où travaillait Danièle certifia qu'elle avait servi toute la semaine. Le bowling confirma qu'elle était restée avec son amie jusqu'à la fermeture vers deux heures du matin samedi. Elle put fournir le récépissé du retrait d'argent liquide effectué au distributeur de l'agence de Bussy peu après. Sa banque communiqua les images horodatées de la caméra vidéo qui équipait l'appareil. Son téléphone portable avait borné dans le secteur de Marne-la-Vallée toute la semaine jusqu'au départ de son TGV, puis avait suivi le trajet de la ligne de chemin de fer. Elle présenta aussi la facturette du billet de train qu'elle avait acheté à sept heures à la Gare-de-Lyon et composté juste avant son départ.

L'adjudant-chef prit un réel plaisir à faire son rapport ce soir-là.

— Mon commandant, Danièle est indiscutablement écartée de tout soupçon concernant la nouvelle disparition de son ancien compagnon. On a pu reconstituer son emploi du temps de la semaine, pratiquement heure par heure. Il est absolument impossible qu'elle soit impliquée. En revanche, il n'est pas exclu que le fugitif ait été enseveli sous un éboulement dans les caves du château de Rochefort. On lance des recherches ?

— Négatif ! Celui-là, il nous a fait perdre assez de temps comme ça. S'il est mort là-dessous, au moins il aura une belle sépulture.

L'affaire de la seconde disparition d'Arnold était définitivement... enterrée.

~ ~ ~

Il était arrivé à Asnières le vendredi, la veille du rendez-vous. Il n'avait pas la moindre intention de laisser filer un trésor, ni même de le partager avec cette Léa, qu'en définitive, il ne connaissait pas vraiment. Lui, il n'avait pas peur d'y aller seul.

Son courage justifiait à ses yeux qu'il s'approprie ce qu'il allait trouver. Après tout, le risque méritait son juste salaire.

Grâce aux précieux renseignements confiés par Danièle, il crocheta la porte d'entrée du château, et se rendit immédiatement au puits. Mais il se heurta à la résistance du robuste cadenas qui en condamnait la grille. Il en observa la profondeur et, estimant l'effort important au regard d'un gain espéré, qui n'était peut-être qu'une rumeur, il décida de chercher d'abord du côté du souterrain où Léa lui a dit avoir vu un sac de pièces coincé dans une paroi. Il laissa sa corde et son matériel d'escalade avec sa sacoche de moto sur la margelle du puits et n'emporta qu'une torche et son petit piochon pour explorer les caves.

Toujours en suivant les explications de Léa, il repéra facilement l'accès aux souterrains, puis la grande salle à l'extrémité du couloir de droite. Au fond, dans le faisceau de sa lampe, il vit le scintillement des pièces d'argent que Danièle avait laissées. Alors il commença à creuser énergiquement. Il trouva le sac de toile qu'il déchira d'un coup de pioche et quelques écus s'en échappèrent. Mais le reste formait une masse compacte qu'il fallait dégager.

Apercevant des reflets de métal doré, galvanisé par sa découverte, il frappa comme un dément dans le mur qui soutenait la voûte...

Lui qui avait voulu disparaître, atteignit définitivement son but ce soir-là.

Quelques mois plus tard, le procès en révision reconnut enfin l'erreur judiciaire dont Danièle avait été victime. Le procureur de la République présenta des excuses au nom de l'État. Mais au-delà des dédommagements accordés, la reconnaissance de son innocence lui importait davantage.

Quand elle fêta l'évènement en invitant Michel et Anne à une bonne table, cette dernière fit une curieuse requête.

— Danièle, je voudrais te demander un service : j'ai besoin d'un témoin extrêmement crédible, dans une affaire... disons... délicate.

— Témoin ? Témoin de quoi ? Je n'ai jamais menti à un magistrat...

— Écoute bien, interrompit Michel, l'air grave. C'est très important.

— Tu n'auras pas à te présenter devant un juge, mais devant un maire !

Michel et Anne lui annoncèrent qu'ils étaient désormais ensemble et lui demandaient d'être leur témoin de mariage.

— C'est grâce à toi qu'on s'est rencontrés, alors tu es naturellement la mieux placée pour ça.

Danièle, ravie, annonça de son côté qu'elle s'apprêtait à revenir s'installer dans la région.

— Après tout, avec ma sœur, vous êtes ma seule famille.

Danièle a enfin repris sa vie. Elle s'est relevée de ce drame et a retrouvé du travail dans une librairie de la région.

Si vous êtes allé dans une librairie en Bourgogne, quelque part entre Dijon, Tonnerre, Avallon, Semur-en-Auxois, Châtillon-sur-Seine ou Montbard, l'aimable vendeuse qui vous a conseillé le livre que vous tenez entre les mains s'appelait peut-être Danièle... ou Léa.

Remerciements

En premier lieu à Jeanne pour m'avoir, lors d'une visite du château, soufflé l'idée d'écrire ce roman ainsi qu'aux encouragements du très sympathique club de lecture d'Asnières.

À Patrick G. et Patrick V., Bernard, Jocelyne et tous les amoureux de cet édifice qui œuvrent bénévolement à la préservation de ce patrimoine dans le cadre de l'association les *Clefs de Rochefort*. Je n'ai évidemment pas encore le plaisir de tous les connaître, mais je sais leur implication personnelle, chacun selon ses possibilités, dans ce beau projet.

À Valérie & Laurent et, d'une manière générale, à toutes les Asniéroises et tous les Asniérois pour leur accueil sympathique dans le village.

À Nathalie et Jean-François, sans lesquels je n'aurais peut-être jamais découvert, ce charmant château.

Et bien sûr à Sophie, ma merveilleuse épouse, sans laquelle je ne serais sans doute pas devenu ce que je suis. Je suis reconnaissant de t'avoir à mes côtés. Avec tout mon amour et ma gratitude

Le château de Rochefort

Le château de Rochefort est une des rares traces de la période « pré-renaissance » en France. Construit sur l'emplacement de places-fortes plus anciennes, et campé sur un éperon rocheux, l'édifice est constitué de deux grandes parties : le logis seigneurial avec ses six tours ; les communs, habités jusqu'en 1956.

La construction vraisemblable d'un premier château commencerait au XIIème siècle, comme le suggère l'existence d'un manuscrit daté de 1196, mentionnant le nom de « Rupes Fortis » (Roche forte), nom d'une seigneurie, dont le premier seigneur s'appelait Eymon.

On trouve des mentions des noms des seigneurs de Rochefort dans les textes d'archives au XIIIème, la seigneurie est rachetée par Jacques Coictier, chambellan de Louis XI après avoir été démantelé sur ordre du Duc Jean Sans Peur. Fin XVème siècle ; Jacques Coictier a édifié le logis noble. En 1501, le château est racheté par la famille de Rochefort qui a possiblement édifié l'extension Ouest du corps de logis et de la chapelle, puis le château est acquis par Denis Languet, procureur au parlement de Dijon. Au XVIIème siècle, on construit probablement le corps de logis du massif d'entrée, la terrasse haute et le mur de soutènement « à niches ».

Vers 1789, le château est racheté par la famille de La Guiche, propriétaire jusqu'en 2017.

Dans les années 70, le château bénéficie pour la première fois d'un projet de protection qui débouche sur un échec, le laissant à l'abandon et à la dégradation pendant quelques années. En 1974, le site est classé au titre des Monuments Historiques.

C'est en 2002 que voit le jour l'association « **Les Clefs de Rochefort** », membre de l'Union REMPART, composée par un collectif de citoyens qui mènent des travaux portés sur l'entretien, la restauration et la sécurisation du site. Une action de valorisation a également été entreprise par la mise en place de diverses manifestations.

En 2015, l'État demande aux propriétaires de procéder à des travaux d'urgence de stricte conservation. En 2016, les propriétaires entament une procédure judiciaire contre l'Etat et perdent leurs procès. En décembre 2017, la famille de Laguiche, vend à l'euro symbolique le château à l'association « des Clefs de Rochefort ».

Des travaux de grande ampleur ont lieu de décembre 2018 à décembre 2020. Leur objectif : la restauration et la sécurisation du massif d'entrée. À ce jour, les communs ont de nouveau un toit fait d'une charpente définitive et d'une toiture provisoire.

Pendant ces deux années de travaux, des étaiements ont été réalisés dans les endroits les plus fragilisés, la brèche dans la tour du XVème siècle a été comblée.

L'objectif de l'association est à présent de trouver les fonds nécessaires à la sécurisation du logis seigneurial.

Patrick Giraudeau

Du même Auteur

Chez MVO Éditions :

Déclin (Tome 1)   avril 2021
Déclin (Tome 2)   juin 2021
Résiliences   septembre 2023
Freeland   (à paraître) janvier 2025

En autoédition via BoD :

Mémoires posthumes d'un déporté   avril 2024
(André Hartmann – Joël Hartmann)